ブライト・プリズン

学園の薔薇と純潔の誓い

犬飼のの

講談社X文庫

目次

ブライト・プリズン　学園の薔薇と純潔の誓い——10
あとがき——287

薔《しょう》
高等部三年生。南条家の三男で、
神子であることを隠している。
常盤《ときわ》
新教祖。極道の血を引く
教団御三家、西王子家の嫡男。
ブライト・プリズン
学園の薔薇は天下に咲く
登場人物紹介

BRIGHT PRISON CHARACTERS

龍神《りゅうじん》
紫眼の黒龍。八十一鱗教が崇める神。
剣蘭《けんらん》
高等部三年生。西王子家の次男で、常盤の異母弟。

蘇芳《すほう》
竜虎隊の元隊長。西王子家当主の末弟で、常盤の叔父。
楓雅《ふうが》
大学部三年生。南条家の次男。原因不明の視力低下に悩まされている。
椿《つばき》
元竜虎隊員。楓雅の失明を防ぐために、陰神子として生きている。
榊《さかき》
教団御三家、南条家の嫡男。不治の病に侵されている。

青一《せいいち》
雨堂青一。常盤の主治医で、極道と繋がりのある天才彫師。
茜《あかね》
高等部三年、翡翠組。薔の親友。快活なムードメーカー。
白菊《しらぎく》
高等部三年生。虚弱体質の贔屓生で、剣蘭と特に仲が良い。
杏樹《あんじゅ》
教団本部で働く最年少の神子。常盤を呪ったが、今は反省している。

イラストレーション／彩《あや》

ブライト・プリズン

学園の薔薇《ばら》と純潔の誓い

プロローグ

物心ついた時には塀の中にいた。旅らしき旅も知らず、飢えた経験もない。

牢獄《ろうごく》のような学園は、恵まれた温室でもあった。

衣食住に困ることはなく、孤独になる自由もない。

それでも心は飢え渇き、たった一人の不在を淋《さみ》しいと嘆いた。

渇いて渇いて苦しかったからこそ余計に、満たされる悦《よろこ》びがある。

「……っ、ぅ」

唇が、ようやく常盤《ときわ》に辿《たど》り着《つ》いた。

求めていた口づけは、乾いた砂浜を呑《の》み込む潮のようだ。

無味乾燥な砂がひたひたに浸《つ》かる。やがて溶けたチョコレートのようにねっとりと重くなった。とてもよい香りがつき、艶《なま》めいて、骨まで蕩《とろ》けそうなほど甘美だ。

「く、ふ……ぅ」

濡《ぬ》れた唇と舌を吸い合う。両手を合わせ、指を交差させて握り合う。

常盤の口も手も、いつもと違う感触だった。

目の前にいる彼は間違いなく常盤だが、彼であって彼ではない。

唇は似ているけれど、組んだ手指が違う。

薔《しょう》が知る常盤より、身長が少し低いせいだろうか。剣蘭《けんらん》の方が、わずかに手が小さいのかもしれない。具体的に説明できないくらいの差が、指や掌《てのひら》から感じられた。

──常盤だ……剣蘭だけど、常盤だ！

舌に乗って流れ込んでくるとろみも剣蘭の物に違いなかった。

彼とは友人でしかない。それなのに抵抗なくキスを求める自分はおかしいのだろうか。傍《はた》から見たら酷《ひど》い浮気だ。

「ん、ぅ」

もう少し迷ったり、罪悪感を覚えたりするべきなのかもしれない。

そう考えるくらいの理性はあるのに、躊躇《ためら》いの種は思うように育たなかった。

圧倒的な力で生い茂る歓喜に養分を吸い取られ、芽吹く前に枯れてしまう。

龍神《りゅうじん》の口から消滅したと聞かされていた常盤が、明確な意識を持ってここにいてくれることが嬉《うれ》しい。今はただただ嬉しくて、隙間《すきま》を埋めるように繋《つな》がっていたかった。

「……は、ぁ……は……」

呼吸の限界がきて、一旦《いったん》離れる。息をつき、何か話さなければと思う。

訊《き》きたいことは山ほどあった。常盤のことはもちろん、剣蘭のことも気掛かりだ。

常盤は剣蘭の体を「借り物」と言っていたが、貸し出している側の剣蘭は今どうしているのだろう。

いつどうやって剣蘭の体を借りたのか、これからどうするのか、訊きたい。考えたい。

自分からあれこれと訊くまでもなく、常盤にも話したいことがたくさんあるはずだ。

それなのに、目を合わせた途端に再び唇を重ねてしまう。

「く、ぅ、ふ……」

自分から唇を押し当てたのか、常盤によって塞《ふさ》がれたのかわからなかった。

たぶんお互いに求めた結果だ。話したくても、離れてはいられない。

──常盤……っ、常盤！

組んだ両手をさらに強く、ぎゅっと握り合った。

キスの終わり方がわからない。

いつまでもこうしていたくて、自分から顔を引くなんてできない。

「う、ん……ぅ」

常盤も引く気がなさそうで、顔を斜めに向けてさらに深く求めてくる。

「──ッ、ン」

終わり方を示すかのように、脚の間が熱を帯びる。

むくむくと湧《わ》き上がる欲望が、血を集め過ぎて肉ならざる物のように固まっていた。

下着の中ではち切れそうになり、ずしりと重みを持つ。無意識に擦《こす》り合わせ、押しつけ合っていた。剣蘭の体だとわかっていてもやめられない。

そこまでしたら駄目なのに、離れられない。

「……く、ぅ」

理性はまだ残っていて、腰を引けと命じてくる。

舌を突き入れるのも唇を押《お》し潰《つぶ》すのもやめろと言い、組んだ指まで解《ほど》けとうるさい。

「あ、ふ……っ」

「ン、ッ……」

理性に逆らうのは獣と同じかもしれないが、常盤も自分も獣だった。

繋いだところはそのままに、性器を擦り合わせて欲望を突き晒《さら》す。

「ん、ぅ……ぁ！」

キスでは味わえない快楽がビブラートを生みだし、腰が震えた。

膝《ひざ》もがくがくと揺れ、気を緩めたら座り込みそうだ。

体が示す終わりを目指し、一直線に進みたい。

お互いどうなれば終われるかわかっていて、何も考えずに絶頂に向かいたかった。

――駄目だ……剣蘭の体だし、もしも龍神様が目覚めたら……！

欲望は、途轍《とてつ》もない風圧のように押し寄せてくる。

自力で抑えるのは難しいが、薔の理性は龍神の存在を忘れてはいなかった。

『剣蘭、私の可愛《かわい》い薔に免じて今夜のことは許してやろう。だが今後は私の許可なく薔に近づくな。私はこれで二度もお前を許した。私に三度目はない』

常盤の声をした神は、降龍殿《こうりゅうでん》で剣蘭にそう言っていた。

階下のマスタースイートで眠っている神が、不意に目を覚ましたらどうなるのだろう。

薔がいないことに気づき、船内を歩き回って捜すかもしれない。今すでに起きていたらもうすぐここに来るだろう。動くのが面倒で神の力を使う可能性もある。

そうしたらどうなるのか。

目の前にある生き生きとした熱い体が、いきなり死に呑み込まれるかもしれない。

こんなところを見られたら、龍神は常盤を許さない。

中身が常盤であれ剣蘭であれ、三度目の怒りに任せて彼を殺すだろう。

「……っ、と……きわ……無事で、よかった」

「薔……」

どちらからともなく口づけを求めたように、どちらからともなく顔を引く。

常盤に教えてもらった恋人繋ぎも、やめなければならなかった。

すぐには解けないけれど、お互いの理性によって少しずつ緩めていく。
嬉《うれ》し涙のあとに込み上げる悔し涙に、瞼《まぶた》も喉《のど》も熱くなった。
なんで好きにできないのか、どうしてやめなきゃいけないのか。
理不尽で悔しくて、ぼろぼろと涙が出る。
「ほんとに、よか……っ、た」
口にした言葉に嘘《うそ》はない。でも、言葉だけでは足りない。
もっとキスをしたかった。それ以上のこともしたかった。
無理に離した指先が淋しさに凍える。
常盤の温《ぬく》もりを失い、海風を受けて急速に冷えた。
じりじりと離れて、友達の距離を取る。剣蘭と自分の間にあって然《しか》るべき距離だ。
滾《たぎ》った血は穏やかに流れ、凝り固まった欲望は力を失うだろう。
心と体が求める終わりに向かうことは許されない。
神の脅威により、凪《な》いだ海のように静められる。
「薔……俺のことは剣蘭と呼べ。何があっても絶対に言い間違えるな」
苦しそうに絞りだされた常盤の言葉に、薔もまた苦しい思いで頷《うなず》く。
今この瞬間のやり取りを、龍神が覗《のぞ》いていないという保証はない。
神力を使い、見られているかもしれない。聞かれているかもしれない。

龍神は神力をあまり使いたがらないため可能性は低いと考えているが、確信が持てない以上、慎重にならざるを得なかった。

「――剣蘭……アイツ、は？」

恐る恐る訊くと、剣蘭の顔をした常盤が自分の胸元を軽く叩《たた》く。

そうしてすぐに、今度はこめかみを指差した。

「胸の中にいるのか頭の中にいるのか、それとも背後か頭上か、俺にもよくわからない。ただ、ずっと気配を感じる」

「気配？」

「ああ、この体で目覚めた時から変わらず、俺と一緒にいる」

「生きて、る……よな？」

「当然だ」

常盤は一瞬も迷わずに断言した。

それだけで大気の重みがふっと消え去り、薔の両目から涙がさらに落ちる。

泣き声はどうにか抑えられるものの、涙腺《るいせん》は制御できなかった。

真夏の壊れた水道のように、生温かい水を垂らしている。

情けなく恥ずかしいけれど、決して悪い涙ばかりではなかった。

常盤の魂《たましい》が存在し、たとえ剣蘭の体でも意思を持って動いていること。剣蘭の気配を常盤が感じ続けていること。そのどちらも嬉しくて、儘《まま》ならぬもどかしさを薙《な》ぎ払《はら》ってくれる。

「よかった」

ぐいぐいと涙を拭《ぬぐ》い、心から笑った。

恋人のように触れ合うことはできなくても、何もできないわけじゃない。

消滅したと言われた常盤と、今こうして話している。見つめ合い、目と目で想《おも》いを語りながら言葉を交わしている。なんて素晴らしいことだろう。

流した涙の種類がわからなくなっていたが、やはり大半は嬉し涙だ。

「──奪われたものを取り戻して、これを持ち主に返したい」

剣蘭の姿をした常盤が、鳩尾《みぞおち》の辺りをぐっと押さえる。

このままでいいわけはなく、常盤は自分の体を取り戻す気だ。

少しの揺らぎもなく、そういう目をしている。

「うん、絶対に」

この目が見たかった。

如何《いか》に不利な状況であろうと、挫《くじ》けない常盤の目だ。どんな色をしていようと、これが常盤の目だ。

「薔、恋人繋ぎは駄目でも、ハイタッチくらいはいいよな？」

沈黙の見つめ合いの果てに、右手を上げた常盤が笑う。

明日から――否、今からまた、彼は剣蘭として振る舞わなければならない。

そして自分は、彼を剣蘭として扱わなくてはならない。

「いいと思う」

涙を振りきり、薔も笑う。

龍神の力は恐ろしい。実際に殺された人もいる。

だから十分に話し合うことはできないけれど、言葉にするまでもない。

目的は一つだ。

蒲牢島《ほろうじま》の封隠窟《ふういんくつ》に向かい、龍神と始祖竜花《たつはな》が交わした契状を破り捨てる。

そうしたところで龍神は常盤の体から出ていく気はないと言っていたが、まずは龍神に自由を与えるのが先決だ。教団への縛りさえなくなれば、天神界《てんじんかい》に帰りたくても帰れない現状に比べて、確実に進展する。

「剣蘭、必ず」

「――薔」

闇《やみ》に光る細波《さざなみ》を、小気味よい音が切る。

打ち当てた手指はもう、絡みはしない。

視線と心だけが、一つに繋がっていた。

1

スカイラウンジで薔《しょう》と別れたあと、常盤《ときわ》は螺旋《らせん》階段を下りる。

自身が所有する船にもかかわらず、階層もランクも低いゲストルームに戻らなければならなかった。あくまでも剣蘭《けんらん》として、茜《あかね》と二人で使う部屋の前に立つ。

薔と再会した感慨を引《ひ》き摺《ず》り過ぎないよう、軽く呼吸を整えた。

剣蘭の体に憑依《ひょうい》して、今日で六日目だ。

三十路《みそじ》の身で男子高生の振りをするのは難易度が高いものの、だいぶ慣れてきた。

学園にいる間は剣蘭と仲のよい白菊《しらぎく》の目があって緊張したが、今は茜だけなので気が楽だ。茜は地頭《じあたま》がよく、非常に優れた観察力を持っているので油断禁物だが、少なくとも剣蘭に対して特別な思い入れはなかった。茜の意識は常々薔に向いているため、白菊ほど警戒せずに済む。

──器が俺で中身が龍神《りゅうじん》とはいえ、薔が俺以外の男と一緒で、俺は薔以外の男子高生と同室。完全に間違ってる。

この間違いが明日のうちに正されることを、神以外の何かに祈らずにはいられない。

朝になれば蒲牢島《ほろうじま》に到着し、封隠窟《ふういんくつ》の場所を知っている楓雅《ふうが》の案内で動くことになる。

これまで七回探しにいっても見つからなかった契状が、遂《つい》に見つかるはずだ。

もちろんそれで万事解決とはいかないだろう。首尾よく明日中に契状を破棄できても、龍神がすぐに天神界に帰るとは考えにくい。

しかしそれに関しても祈らずにはいられなかった。できれば即日解決してほしい。元の世界に帰れるとわかった途端に里心がついて、人間への興味が失《う》せればいいのだ。

「あ、剣蘭おかえりー。薔に会えた？」

扉の横の電子ロックを解除すると、満面の笑みで迎えられる。

薔に会えて余程嬉《うれ》しかったのだろう。茜は元々美少年だが、幸せそうな顔をしていると一層きらきらと輝いて見えた。

「ああ、無事に会えた」

「うんうん、そういう顔してる」

「どういう顔だ？」

「いやもう、全身からハッピーオーラ滲《にじ》みでてるから」

「適当なことを言うな、そんなものは出してない」

「いや出てますって、だだ漏れだから」

「それはお前の方だろう」

「まーね、俺は否定しないぜ！　もうこんなんっ、ぶわっと！」

身振り手振りでオーラを示す茜は、教団御三家の一つ北蔵《きたくら》家の血を引く贔屓生《ひいきせい》だ。母親そっくりで人間離れした美貌《びぼう》を誇る次期当主の葵《あおい》の母方の従弟《いとこ》に当たり、どことなく似ている。葵は常盤に無防備な笑顔など絶対に見せないので、茜の笑顔を直視するとなんだかむず痒《がゆ》い感覚があった。

「あ、ところでベッドどうする？　じゃんけんでいい？　決める前に行っちゃったから、海側取っちゃおうかと思ったぜ」

「どちらでも好きにすればいい」

「え、マジ？　遠慮しないよ、ほんとにいい？」

「構わん」

薔に会ったことですっかり自分に戻っていた常盤は、無意識の返答を即座に悔やむ。剣蘭の振りに今よりも不慣れだった頃、白菊から喋《しゃべ》り方が硬いと指摘されていた。「常盤様ごっこでもしてるの？」と怪訝《けげん》な顔をされたのだ。いくら茜が剣蘭に興味を持っていなくても、「構わん」と答えたのは不味《まず》い。剣蘭なら「いいぜ」だろう。せめて「ああ」だけで済ませるべきだった。

「剣蘭、常盤様に憧《あこが》れるのはわかるけどさ、真似《まね》したって常盤様になれるわけじゃないんだぜ。お前はお前でいいとこあるんだから、自分のまんま勝負した方がいいって」

「ああ、そうだな」

「俺も今回の件でお前のこと見直したし、お前が誰より一番って奴《やつ》が現れると思う。っていうかすでにたくさんいると思うし、そのうち相思相愛になれる相手が見つかるって」

「――記憶があやふやなんだが、俺はお前に、恋愛相談をしたことがあったか？」

「ないけど、見てりゃわかるし」

「そうか」

「うん、失恋した者同士、仲よくやろうぜ」

意味深なことを言いながら距離を詰めてくる茜に、常盤は首を傾《かし》げたくなる。

言葉だけ聞いているとベッドに誘われた気がしたが、そうではないことは無邪気で悪戯《いたずら》っぽい目を見ればわかる。茜の言葉に他意はなく、詰めた距離にも意味はなく、純然たる「仲よく」なのだろう。

「茜、これから二人で寝るという時に、同室の男に向かってそんな台詞《せりふ》を口にしない方がいい。お前はとても綺麗《きれい》な顔をしているから、勘違いされて押し倒されるぞ」

「……は？」

「外の世界は危険がいっぱいだ。発言は慎重に」

常盤は茜に背を向けて、手前のベッドに腰かける。

茜は薔の大切な友人なので、良縁に恵まれて幸せになってほしいと願っている。迂闊《うかつ》な言動で傷つく事態にならないよう、くれぐれも気をつけてもらいたいところだ。

しかし最も心配なのは薔だった。

茜と同じく学園という温室で育ち、世間知らずで色事にも長《た》けていない。それでいて男女の区別なく引き寄せる美貌と魅力を持っているのだから、先々のことを考えると心配で仕方がなかった。

「剣蘭が変なこと言うから、なんか着替えにくくなったんですけど」

「俺のことは気にしなくていい。目に残る薔の笑顔しか見えてない」

「あ、笑顔だったんだ？　よかったな」

九割方は泣き顔だった――とは言わずに、常盤は黙々と着替える。

龍神と同じベッドに入る薔の姿を思うと心が乱れたが、今やるべきことに集中した。

明日の朝、島に着いたら体力勝負だ。同行者のほとんどが細身の優男《やさおとこ》なので、筋肉質で体格のよい剣蘭は何かと頼られることも多いだろう。剣蘭の体をしっかりと休めて着実に動かすために、一刻も早く眠らなくてはいけない。

――薔……。

寝支度をしながら、許してくれと、心の底から謝った。

乳児の頃から大切に大切に育てた弟であり、唯一無二の恋人でもある薔を、助けにいけないことがつらい。不甲斐《ふがい》なく申し訳ないと思っている。残念ながら自分は、映画に出てくる無敵のヒーローや無鉄砲な若者ではないのだ。

勢い任せに飛び込んでいき、「やめろ、俺の薔に触るな！」と邪《よこしま》な神から攫《さら》えるものならそうしたいが、そのあとには死が待っている。

しかも自分だけではなく剣蘭まで巻き添えにすることになるだろう。

結局無茶な真似はできず、薔を救えないまま階下で眠るしかない。

この部屋の天井の上で、薔は龍神と一緒にいる。

常盤の姿をした龍神がぐっすりと眠っていて添い寝するだけならまだいいが、そうとは限らない。

龍神は目覚め、薔に口づけをするかもしれない。それ以上のこともしかねない。

好色だが少し単純なところもある龍神を口先で丸め込み、薔に手を出さないよう制することはできた。

しかし指一本触れないという約束ではないのだ。

薔が隣にいればどうしたって触れたくなるだろう。気づけば手や唇が吸い寄せられて、自制するのが馬鹿馬鹿《ばかばか》しくなったりつらくなったりするはずだ。

龍神が抱く欲望がわかり過ぎるだけに、安心して眠ることなどできなかった。

――考えても仕方のないことで悩むな。心配したところで役には立たず、自分を責めて気落ちしてもどうにもならない。今やれることをやれ。この船に俺を乗せた薔の努力を無駄にするな。別の相手と違う部屋にいても、俺達は一緒にいる。

気持ちを立て直すために、繰り返し言い聞かせる。

ある程度のメンタルコントロールはできる。思考を止める方法もわかっている。

目を閉じていればやがて眠りに落ちるだろう。

それでも心は決して晴れない。

代われるものならば今すぐにでも代わってやりたかった。

六日前、白菊の部屋で眠っていた剣蘭に憑依したのは偶然だった。

或《ある》いは血の導きによる結果なのかもしれないが、もしもあの時に遡《さかのぼ》って選べるものなら薔の体に憑依したい。

問題が解決するまでの間、薔の意識を眠らせておけたらどんなによかっただろう。

龍神が天神界に帰るまで、嫌なことすべてを……薔が屈辱だと感じることのすべてを、引き受けてやりたかった。

2

常盤《ときわ》がゲストルームに戻るより早く、薔《しょう》は龍神《りゅうじん》がいるメインデッキマスタースイートに戻っていた。

オーナー用オフィスと繋《つな》がった部屋は広く、とても静かだ。窓からは海を一望できる。もしも龍神が起きていて、神力を使ってスカイラウンジを覗《のぞ》いていたらと思うと生きた心地がしなかったが、幸い何も起きていなかった。

龍神は紫色の目を異様に光らせることもなく、瞼《まぶた》を閉じてすやすやと眠っている。

薔は常盤が日頃どれくらい眠るのか詳しく知らないが、龍神は過眠傾向にあると思っていた。人間の体を長時間動かすことに慣れていないため疲れるのか、それとも単なる怠け癖か、理由は曖昧《あいまい》だが昼夜を問わずよく眠っている。

それは好都合ではあるものの、いつ起きてもいいよう気をつける必要があった。いわゆる熟睡と思われる時もあれば、些細《ささい》な物音で目覚めることもあるからだ。

──今は熟睡寄り、か？　もっと上にいても平気だったな。

この分なら、剣蘭《けんらん》の姿をした常盤と早々に別れなくてもよかった。少なくともあと数分は一緒にいられたはずだ。

神力による飛耳長目を意識して、密《ひそ》やかに目で意思の疎通をするばかりで終わったが、この先のことを言葉にして話し合っても問題なかっただろう。

もちろんそれは結果論に過ぎないとわかっている。

もしも神罰が下っていたら、百度死んでも足りないほど後悔する破目になっていた。

以前は龍神によって様々な幸運に恵まれ、常盤との関係を教団に暴かれずに済んだが、今は状況が違う。

龍神の目から逃れることに関して、龍神から与えられる幸運が働く道理がないのだ。

それをよく肝に銘じておかなければいけない。こうして寝顔を見ると切り上げた時間が惜しくなるが、これでよかったのだ。慎重過ぎるくらい慎重であるべきだ。

——龍神様が眠ってる時に、すぐ隣で筆談でもすればいいのか？　俺か常盤か、ペンを持っていない方が寝顔をしっかり見ていれば、もし起きてもすぐに対応できる。

どうすれば安全に会話ができるだろうかと考えながらも、やはり怖くて鳥肌が立った。

失敗したら本当に殺されかねないと思うと、大胆なことはできそうにない。

船内は適温のはずなのに、ジャケットを脱ぐ気になれないくらい寒く感じた。

自分の腕を摩《さす》って熱を起こす。常盤の前にいた時が嘘《うそ》のようだ。

——常盤が生きてて、ちゃんと意思の疎通ができて嬉《うれ》しいけど……物凄《ものすご》く嬉しいけど、舞い上がらないようにしないと駄目だ。ふわふわしてたら気づかれる。

気づかれることは即《すなわ》ち、死に近づくということ。自分ではなく常盤が死ぬ。

学園の降龍殿《こうりゅうでん》で、龍神が剣蘭の心臓を痛めつける行為をしたのは紛れもない事実だ。

痛みのあまり屋根から転がり落ちていたら、おそらく命を落としていただろう。

剣蘭の姿だからといって許されるものでもない。薔が剣蘭の存在価値を訴えても龍神は認めず、剣蘭を亡き者にしても構わないという考えだった。

西王子《さいおうじ》家の蘇芳《すほう》と紅子《べにこ》も龍神に殺されているうえに、過去に神罰で亡くなったとされる人は数えきれないほどいる。

──前世でも現世でも、龍神様が憑坐《よりまし》として好んでいるのは常盤の体で、剣蘭の体には執着がない。常盤にしたって必要なのは入れ物だけで、魂に対しては容赦してないんだ。しかもお気に入りだった常盤にすら、火傷《やけど》を負わせたり交通事故に遭わせたり、傷が残る罰を与えてる。やる時はやる神なんだ。消したはずの常盤の魂が剣蘭の中にあるなんて、どう考えても面白くないはず。

龍神は薔の説得によって、恋愛を愉《たの》しむための要員として剣蘭の存在を認めている。

だからこそこの旅に同行させてくれた。恋のライバルに当たる剣蘭を殺すことは敗北を意味しており、神力を使わずに一人の男として競い合う約束になっている。

しかしそれはあくまでも剣蘭本人である場合の話で、中身が常盤だと知られたら状況は変わるだろう。

――とにかく絶対に気づかれちゃ駄目だ。知られたらとんでもないことになる。常盤が言ってた通り、名前を言い間違えないよう細心の注意を払うべきだし、視線とか会話にも気をつけないと。あらゆることが常盤の命に繋がってるってこと、忘れちゃいけない。

常盤の魂と剣蘭の肉体を守るために、薔は自分に暗示をかける。

さっきまで一緒にいたのは見た目も中身も剣蘭で、王鱗《おうりん》学園で幼い頃から一緒に育った友人。贔屓生《ひいきせい》になって随分と親しくなったが、剣蘭と最も仲がいいのは白菊《しらぎく》で、自分とはほどほど。ただし赤ん坊の頃に故意に取り替えられ、家族を交換して育った因縁がある。その秘密を共有している分、特別な関係とも言える。龍神様から剣蘭の想《おも》いを聞いたので戸惑っていて、普通に接しなければと意識している――それが本来の剣蘭と自分の関係。

それ以上ではないことを思い返しながら、改めて刷り込んだ。

真実を忘れることなどできないけれど、十分に頭を整理しておく必要がある。剣蘭に取るべき態度を固め、徹底することを胸に誓った。

「……薔？」

いつまでも突っ立って見つめ過ぎたせいか、常盤の顔をした龍神が目を覚ます。黒い眉《まゆ》と睫毛《まつげ》が動いた。薄暗い部屋の中でもよくわかる潔いラインだ。唇が開き、「薔」ともう一度呟《つぶや》いた。おそらく少し寝惚《ねぼ》けている。

「すみません、起こしてしまいましたか？」

「──薔、何故《なぜ》ベッドから出ているのだ？　その形《なり》はなんだ？」

「あ、これは、初めての船や海に興奮して眠れなくて、着替えて上に行ってみたんです。スカイラウンジに」

「こんな暗い時間に独りで行ったのか？」

「いえ、剣蘭と一緒です。上で会ったのでちょっと話しました」

「剣蘭と？」

上掛けごと起き上がった龍神は、露骨に不満げな顔をした。

想定内の反応だったので、薔はジャケットを脱ぎながら「はい」と答える。

龍神が目覚めた時のことは予《あらかじ》め考えていた。

常盤の件以外は事実を話すつもりでいる。

嘘をいくつも重ねると綻《ほころ》びが生じるからだ。

本当に隠したいものを隠せなくなるくらいなら、知られてもよいことはありのままに、なるべく正直に話しておいた方がいい。

「最初から上に行ったわけじゃなくて、ゲストルームに行ったんです。俺が神子《みこ》になって学園を出たことで、色々心配かけたと思うんで……茜《あかね》と剣蘭に大丈夫だって伝えたくて。けど剣蘭は部屋にいなくて、スカイラウンジにいるって聞いたので会いにいきました」

概《おおむ》ね事実を話した薔に、龍神は不機嫌な顔のまま手招きする。

羽毛の詰まった軽い上掛けを捲《めく》り、薔が先ほどまで使っていた枕《まくら》に視線を投げた。早く元の場所に戻れと言いたいようだ。

「いや、あの、着替えないと」

「そのままでよい。私が脱がせてやる」

それは困りますと言いたがる口を、薔は咄嗟《とっさ》に引き結ぶ。

急いで被《かぶ》ったのは恥じらいの仮面だ。嫌悪感などどちらりとでも見せてはならない。

愛されたがりの龍神に、拒絶を繰り返すのもいけない。

かといってわざとらしく媚《こ》びるのも駄目だ。

「島に着く前に風邪を引くといけないんで、すぐ着ますよ、寝間着」

「私が着せてやろう」

「さすがにそれは遠慮します。子供じゃないし」

あくまでも照れと遠慮の範囲に止《とど》まるよう、軽く苦笑してベッドに潜り込む。

常盤の魂や意識があるとわかった今、どんなに難しい演技でもできる気がした。

本来の自分としてはあり得ない表情も言動も、目的のためならやり通せる。

常盤がいる。同じ船に常盤が乗っている。

百人力や千人力とはこういうことを言うのだ。

常盤が所有するこの船はとても大きいので、まさに大船に乗った心地と言ってもいい。

——体が別人だから完全復活じゃないけど、何より願っていたことだ。常盤は最初から消えてなかった。消滅したと言われた時から、すぐ近くにいたんだ。

　姿形は違っても常盤がそばにいてくれて、精いっぱい支えてくれる。学園の降龍殿で助言してくれたのも全部常盤で、だからこそ貞操が守られている現状がある。

　一緒に戦ってくれている実感があり、込み上げる嬉しさに笑みが零《こぼ》れそうだった。

「本当は、外出着のままベッドに入ったらいけないんですよ」

「そう躾《しつ》けられてきたのか？」

「はい。小さい頃に躾けられたのか、学園に来てから躾けられたのかわかりませんけど、誰かに言われました。校則にあるのは間違いないです」

　龍神の体温が籠《こ》もったベッドに、薔はシャツとパンツスタイルのまま横たわる。

　服はともかく靴下を早く脱ぎたかったが、おとなしく身を任せた。

「まずは靴下を脱がせてやろう」

「教祖様は偉いので、そういうことは普通しないと思いますけど」

「恋人同士の間に身分の差などない。現に常盤ならするだろう」

「まあ、そうですね」

　裏表が完全に逆になってしまう下手なやり方で靴下を脱がされ、不慣れなのを感じる。

　常盤ならこんなことにはならないだろうなと、考えるだけで笑ってしまいそうだった。

落ち着くべきだと思っても、靴下の分だけ軽くなった足がふわっと浮きそうだ。

龍神の手はパンツのベルトに伸び、わずかな金属音のあとにウエストが緩む。

ベッドの上で服を脱がされる行為に、抵抗がないわけではなかった。

多少何か、淫《みだ》らなことを強要されるのでは……という懸念はある。けれども決定的な性行為にはならないとわかっているので、それなりに冷静でいられた。

——これも全部、常盤のおかげだ。

また同じことを考えてしまう。常盤が剣蘭の姿を借りて龍神を説き伏せてくれたから、この安心があるのだと思うと、常盤の存在を身近に感じてたまらない。

——駄目だ……顔が、口元が緩みそうで……。

常盤は今、下の階で歯痒《はがゆ》い思いをしているかもしれない。

龍神が手を出す出さないではなく、自分が介入できないこの空間での出来事すべてを、忌々《いまいま》しく思っているはずだ。責任を感じたり自分を責めたくなったり、それでいてそんな思いを振りきって、前を向こうとしているかもしれない。

——常盤、俺は……なんだか申し訳ないくらい嬉しくて、本当に嬉しくて、今は明るい未来しか見えない。何もかも順調に進んで、龍神様に里心がついて……さっさと天神界に帰ってくれたらいい。そういう未来を期待せずにはいられない。

常盤の体に常盤の魂が戻り、剣蘭の体も持ち主に戻る。

榊《さかき》と楓雅《ふうが》の病気は完治に近いくらいまでよくなって、皆が幸せに暮らせる世界。教団も学園も大きく変わり、誰にとっても自由度の高い世界が広がる。

「あ……っ」

シャツの釦《ボタン》を外され、現実に引き戻された。

露《あらわ》になった胸に口づけられる。

白く平らな胸に、ぷくりとわずかに膨らんだ突起があった。

常盤の唇を思うままに扱う龍神が、突起のすぐ横を吸う。

「……ぅ、ん」

嫌だと思うのと同時に、じれったいとも思った。

常盤の唇で乳首を吸われる快楽を知る体が、持ち主の意思を裏切って欲張る。

もっと気持ちのいいところを吸ってほしいと強請《ねだ》らんばかりにピンクを濃くして尖《とが》り、存在感を見せつけていた。

「は……ぁ、龍神様……」

指先で右の突起を摘《つ》ままれる。紙縒《こよ》りを作るかのように、二本の指で扱《しご》かれた。

左側は唇でちゅうっと吸われ、たちまち脚の間が反応する。

願望が叶《かな》った体が勝手に泳ぎだした。シーツの海で腰や膝《ひざ》を揺らめかせ、ぐっと立てた爪先《つまさき》で波を起こす。

「ん、ぁ……あっ」

「――ッ、ン」

乳が出るわけではなく、揉《も》み応《ごた》えがあるわけでもない。柔らかさすら瞬《また》く間に失う蕾の乳首を、龍神はとっておきの甘味のように味わう。

片方は指先で摘まんで先を擦《こす》り、時に強く引っ張った。

心臓に近い方は何度も吸って、艶《なま》めかしく蠢《うごめ》く舌で転がす。

濡《ぬ》れた舌が尖りの側面を滑った瞬間、性器の側面を筋ごと撫《な》でられた心地がした。

「あ、ぅ」

尖った乳首の先端を、舌先でぐにぐにと押《お》し潰《つぶ》される。

それはまるで、鈴口に開いた小さな口を解《ほぐ》されるようだった。

愛撫《あいぶ》を受けているのは胸だけなのに、性器の管の中まで穿《ほじく》られたように感じる。

「あ、ゃ……あ……っ」

常盤の魂が消滅したと言われていた時よりも、彼を常盤に置き換えられた。

今は龍神だとわかっているのに、常盤が本来の姿に戻った状態をありありと想像する。

――これが、常盤だったら……。

同じ姿で、似た愛撫をされると混乱した。

下着の中で性器が硬く聳《そび》え、生地をじわりと湿らせる。

元より熱っぽさも湿り気もスカイラウンジから持ち帰っていたので、変化は避けられなかった。

「もうこんなに濡らして、これが若さというものか？」

「は……っ、ぁ……」

「それに、今夜は珍しく機嫌がよいようだ」

乳首の先に唇を残しつつ零す龍神の言葉に、薔はびくりと腰を引く。

驚いた結果だったが、快楽のせいに見せかけることはできただろう。

しかし内心は焦っていて、きつい戒めの言葉を叩《たた》きつけなければならなかった。

「初めての海に、興奮して……」

それだけだと思わせなければいけない。スカイラウンジで剣蘭と会ったせいだと思われないように、ましてやその中身が常盤だと疑われないように、祈りながら嘘をつく。

「上機嫌なのもそのせいか？」

普段通り、ぶれずに振る舞わなければいけないのに、自分は何をしているのだろう。

決して気を緩めてはいけない。ミスをすればするだけ、常盤や剣蘭の身が危うくなる。

ほんの少しでも浮かれてはいけなかった。

「閉鎖的な学園にいたので、憧《あこが》れてたんです。海とか空は、自由の象徴みたいで」

「水平線を見て感動したのか？」

「はい。この船を中心に、三百六十度それしかなかったから。本当に、海と空と、あとは月と星しか見えなくて、凄《すご》いなって」

言えば言うほど嘘くさくなっていないか、不安を抱えながらも微笑《ほほえ》む。

スカイラウンジで会ったのが正真正銘の剣蘭だった場合、自分は何を見て興奮するのか感動するのか、考えたうえでの言葉だ。間違ってはいない。

不自然ではないと信じて、とにかく演じきるしかない。

「私ではなく剣蘭と一緒だったというのが気に入らないが、このもやもやとした気持ちが恋愛感情を引き立てるものならば甘んじて受け入れよう。私としても、お前の機嫌がよい時に試したいことがあったのだ」

そう言いながら龍神も上機嫌になっていた。

ほっとしてよいのか少し迷う薔の上で、彼は大きく身を伸ばす。

長い手を駆使してベッドサイドの抽斗《ひきだし》に触れた。瀟洒《しょうしゃ》な把手《とって》に指をかけ、深めの一段を引っ張りだす。

ゴトゴト、カチャカチャ……と複数の音が重なり、薔の目に見たこともないような物が飛び込んできた。

楕円形《だえんけい》の淡いピンクの物体。アルミと思われる筒形のケースらしき物。樹脂製の手錠や鉢巻きくらいの黒い帯。表面が珊瑚《さんご》のようにぼこぼことした白い球体もある。

ボール遊びの道具だろうか。そのわりにボールのすぐ横にある棒状の物体は、勃起《ぼっき》した男性器に似ていて卑猥《ひわい》だった。

「それは、なんですか？　標本？　見本？」

薔の頭に浮かんでいたのは、性教育の授業で使われた教材だ。

子孫繁栄を願う教団では、男女の性行為は励むべきこととして教えられる。濃いペールトーンのつるつるとした樹脂製の性器見本を、遠い席から見たことがあった。

「そんな真面目《まじめ》な物ではない。これらはすべて大人の玩具《おもちゃ》だ」

「大人の、玩具？」

口にした言葉に、ぞわりと嫌な予感がする。

他の物はよくわからないが、棒状の物体は見れば見るほど性器にそっくりだ。薄紫色の透ける素材で出来ていて、教材とはだいぶ違う。雁首《かりくび》がくっきりと張りだし、裏筋も膨れ上がっていた。常盤のそれを模したかのような、堂々たる怒張だ。

よく見れば抽斗の中にゴムの袋やチューブボトルも入っていた。

全部が全部性的な物だと察した途端、先ほどまで浮き足立っていたのが嘘のように全身が重くなる。

「私の可愛《かわい》い神子達が、『旅のお供に』と持たせてくれたのだ。人と人が交じり合う以上の刺激と、やみつきになるほどの快楽を得られる玩具だそうだ」

「──っ、そんな話、聞いてません」

「慣れぬことをするのは抵抗がありそうだからな、機嫌がよい時にと思っていた」

龍神は男性器を模した物を掴《つか》み、ふふと笑う。

はだけたシャツと下着しか身に着けていない薔に偽物の雁首を向け、勃《た》ち上がっていた乳首に当てようとした。

「べつに機嫌がいいわけじゃないです。今この瞬間、かなり悪くなりました」

薔はさっと腰を引き、胸元を腕でガードする。

ぐりっと手首に当たった玩具は、芯《しん》は硬くとも表面に弾力があった。

授業で使われた物とは違い、人間のそれに近い。

「なんか、本物みたいで気色悪いです」

「まあそう言うな。世間では当たり前に使われていて、神子達にとっても欠かせない日用品だと聞いている。人肌恋しい時に、これを後孔に入れて疑似性交を愉しむのだ」

「──ッ」

「中で前後上下に艶めかしく動き、好《よ》いところを絶妙に突くのだとか。他にも色々な玩具があるぞ。どれもこれも数多《あまた》ある中で特に優れた品だと、自信を持って語っていた」

「もう、いいです。気分が悪くなってきました」

「そうなのか？　意外だな」

「……意外？」

「誰かが言っていたのだ。『前教祖様はこういう物がお好きでしたから、その血を受け継ぐ薔様もきっと気に入るでしょう』と」

「そんなの……っ、関係ないです！　冗談じゃない！」

「ふふ、まあそう怒るな」

常盤の顔をして愉しそうに笑う龍神は、性器を模した玩具に唇を寄せる。

グラスに口づけるように自然な仕草で、人工の雁首にキスをした。

「やめてくださいっ」

教団本部の謁見の間で行われていた、黒龍ごっこを思いだす。

おそらくはあの行為の流れで、今のような発言があったのだろう。

どの神子が言ったのか知らないが、嫌がらせとしか思えなかった。

しかしそんなことはどうでもいい。

最も被害を受けているのは自分ではなく常盤だ。

神子達が教祖常盤を、あくまでも本物として認識していることが問題だ。

龍神に乗っ取られた事実を誰もが知っているならまだしも、常盤として禍々《まがまが》しい遊びに興じ、性的な玩具を嬉々《きき》としてもらい受けたのかと思うと、許し難《がた》いものがある。

「楠宮《くすのみや》の息子として扱われるのは、そこまで不快か？」

「はい……それはもう、当然です。俺は、一日だって前教祖に育てられたことはないし、血が繋がっているからといって好みまで似るわけじゃないと思います。あの人とは何一つ一緒にされたくありません」

これは本音で、前教祖とはまったく似ていない自分でありたかった。

髪と目の色については仕方がないが、それすらも他の誰かから受け継いだと思いたい。

元陰神子の紫苑《しおん》を冷遇したり、病気の嫡男を蔑《ないがし》ろにしたり、元より軽蔑《けいべつ》するところしかない父親だった。教祖選を経てさらなる悪事を知り、そのうえ榊と楓雅の病が彼の悪行による怨念《おんねん》のせいだとわかった今、蘭の悪感情は憎悪にまで肥大している。

「龍神様、そんな物に口をつけないでください。明日は早いんだしもう寝ないと。それは元の場所に仕舞ってください」

蘭はベッドサイドにあったチェストの抽斗を摑み、ガタガタと鳴らして龍神を急《せ》かす。

ぶん捕りたい衝動をなんとか抑え込めたのは、いやらしく下品な性玩具《せいがんぐ》に触りたくない気持ちの方が強かったからだ。

「楠宮は問題の多い男とされているが、ああ見えてよいところもあったのだぞ。なければもっと早く死んでいる」

「あの人にもいいところ、あったんですか……それは初耳ですね。何を聞いても俺の中の印象は変わらないと思いますけど」

「あれは美に対する意識が高く、年を重ねても鍛錬や着飾ることに余念がなかった。顔の造作もよかったし、体も優れた男だったのだ。何より銀了《ぎんりょう》に愛され、あれを悦《よろこ》ばす術《すべ》を知っていた」

「龍神様は、随分と銀了様を気に入っていたんですね」

「それは嫉妬《しっと》で訊《き》いているのか？」

「はい、そうですね。俺はわりと嫉妬深いので」

「銀了は好き嫌いがはっきりしていて自信家で、性格が好みだった」

「そうでしたか、まさかの性格……蓼《たで》食う虫も好き好きと言いますよね」

「嫌われる性格であることは私も理解している。あとは、髪が素晴らしかった」

「髪？　ああ、平安時代の女の人みたいに長い銀髪でしたね」

「そう、交わる時にあの髪がゆらゆら揺れて、それはもう天女の羽衣《はごろも》のようであった」

「そうですか、妬《や》けますね」

嘘はするすると出てきたが、言えば言うほど苛立《いらだ》ちが募った。

それでも龍神が性玩具を抽斗に戻してくれたので、とりあえず危機を脱してほっと胸を撫で下ろす。相思相愛になって、薔から求めるまでは抱かない約束になっているものの、作り物なら挿入しても問題ないなどと言われたら堪《たま》ったものではない。

「お前が嫌う物はやめておいて、許される範囲の玩具で遊ぶとしよう」

「ちょっと、やめてください。何も出さないでください」

龍神は薔が閉じたい抽斗を閉じさせてはくれず、中から白いボールを取りだした。

グレープフルーツほどの大きさで、台付きのクリアケースに収められている。

「それがなんだかわかりませんが仕舞ってください。ほんとに早く寝ないといけないし、遊んでる場合じゃありません」

「眠っていた私を起こしたお前が悪い」

台とケースから取りだされたボールには、三角柱の突起が無数に生えていた。

おそらく数百個はあるだろう。まるで白い珊瑚のような物体で、指を入れられる大きめの穴が一つだけあった。

龍神はそこに両手の親指を入れ、表裏をぐるりと返す。

「こうやって使うそうだ。肉厚なゲルが最高の快感を齎《もたら》すらしい」

見た目以上に柔らかいゲルは簡単に裏返り、突起のすべてが内側に隠れた。

球体だったのが嘘のように長く伸びている。

表面になったのはつるりと平坦《へいたん》な白い面で、皮を剝《は》いだイカにそっくりだった。

「なかなか美しい物だな」

「ぶ厚いイカみたいで気味が悪いです。仕舞ってください」

「薔、これは私の優しさであり、一つの学びだ」

「……学び？　遊びって言ってたじゃないですか」

「子供は遊びながら学ぶもの。私から見ればお前は子供のようなものだ。常盤から見ても同じこと」

　常盤の名を出されると、胃の辺りが引《ひ》き攣《つ》る。

　剣蘭が妙に落ち着き払っていたり、言動が大人っぽかったりしたことで疑われていて、もしや鎌《かま》をかけられているのではと不安になった。

「薔、お前は抱く側の快楽を知らないだろう？」

「知りませんけど、べつに知りたいとも思いません」

「男として生まれながら、それは随分と勿体《もったい》ない話だ。教団の神子にしても椿《つばき》にしても、抱く側の悦びを知っている。だからこそ床《とこ》上手なのかもしれない」

「――ッ」

　常盤の名を出されるのとは別の意味で、椿の名を出されると体がざわつく。

　もう一度言われたら肌が粟立《あわだ》ちそうだった。そうなる準備でもするかのように、体中の毛穴がおそおそと収縮しだす。

「椿の名を聞いただけで顔に出る。そういうところが子供だな」

「あの人のことは、せめて椿姫と呼んでください」

「ああ……そう言えば常盤は姫と呼んでいたな、人前ではそのようにするべきだろうか」

「はい、同じようにするべきだと思います」

常盤の声で椿と呼ばれるのは自分だけでなければいけないのに、常盤の意思を無視する龍神が憎らしかった。

それと同じくらい、不寛容で子供っぽい己の拙《つたな》さも憎らしい。

しかしこればかりはもう、どうにもならないのだ。楓雅に対する椿の献身を知っても、想像を絶する椿の苦悩に思いを馳《は》せても、それとこれとは別の話に思えてしまう。

「姫、椿姫か。男をそのように呼ぶことには違和感があるうえに、椿はその渾名《あだな》に屈辱を感じているのだが」

「屈辱？」

「不幸な娼婦《しょうふ》と同じ呼び方をされて喜ぶ男がいると思うか？」

「……っ、べつに、皆そういう意味で呼んでるわけじゃないと思います」

「そうだとしても本人は嫌がっている。楓雅は決して椿姫とは呼ばないだろう？」

「確かに、そうですね」

「まあよかろう、常盤としては姫が適当だ。私も同じ呼び方を心掛けよう」

「そうしてください」

「随分と話が脱線してしまったが、抱く側の快楽の話だったたな」

「その話に戻るんですか？　脱線したまま寝ましょう」

「そうはいかない。薔、お前は私や常盤から口淫《こういん》を受けて、陽物で得られる快楽を知った気になっていないか？　それではお前があまりにも不憫《ふびん》だ。男に生まれた甲斐《かい》がない」

「いや、全然……不憫とかないです。元々あまり興味ないので」

なんとか止めたい薔に構わず、龍神は抽斗からチューブボトルを取りだした。

先ほど表裏を返したゲル製の白い玩具に、チューブの口を突っ込んでトプトプと中身を注ぐ。

内向きになっていた珊瑚のような突起が、見る見るうちに粘液を纏《まと》った。

液体は重たく、粘り気がとても強い。まるで柔らかく練った水飴《みずあめ》のようだった。

「龍神様……何を、やってるんですか？」

ふわりと甘い香りが漂い、惑わされる。甘味に惹《ひ》かれる本能が判断力を鈍らせた。

匂《にお》いを嗅《か》いだ途端に、好悪を決める天秤《てんびん》に相反する感情が乗り上げてくる。ゆらゆらと左右に揺れて、新たにバランスを取った。蜜《みつ》を注がれて濡れていく白い物体は得体が知れなくて気持ちが悪いけれど、好きにならずにいられない匂いがする。見たことがない海洋生物のように、綺麗《きれい》なのか不気味なのか、好きなのか嫌いなのかわからなくなった。

「そのように怖がらなくていい。簡単に手を出さず口説き落としたいほど可愛い神子に、酷《ひど》いことをするはずがなかろう」

「う、ぁ……！」

腹の上にぽたりと、粘液が落ちる。

反射的に冷感を覚えたが、それは錯覚だった。

雫《しずく》は湯のように温かく、落ちた場所にそのまま留まる。

「力を抜いて、楽にしていろ」

「やめてください、もう寝ないと……っ」

下着を摑まれ、摑み返しても遅かった。ささやかな抵抗に意味などなく、すぐに腿《もも》まで下ろされる。不安に萎《な》えた性器を剝《む》きだしにされた。仔猫《こねこ》の和毛《にこげ》のように柔らかな栗色《くりいろ》の茂みに、ぽたりぽたりとまた落ちる。

何をされるのか、やっとわかった気がした。

龍神の言葉が遅れて頭に届いて、奇妙な物体をどう使うのか想像がつく。いっそ違えばいいのにと思うくらい、それはいやらしく、誰にも見られたくない卑猥な行為だ。

「や、ぁ……あ、ぁ」

腰を引いても追われ、性器を摘まんで起こされた。

海洋生物のようなゲルの穴に、ぴちょりと触れた鈴口を呑《の》み込まれる。

「う……っ、ぁ」

ぬめぬめとした温かい粘液の坩堝《るつぼ》は、小さな三角柱の突起で埋まっていた。

その一つ一つがわずかに窪《くぼ》んでいて、吸盤のように吸いついてくる。

伝っていった。

中に注がれていた粘液が鼠径部《そけいぶ》にとっぷりとかかり、そのまま双丘の間を舐《な》めるように
裏返すまでは間違いなく球体だったそれは、蕾の性器を根元まで覆い尽くす。

龍神の大きな手——常盤の右手が、柔軟に変化するゲルを引き伸ばした。

「これは面白い。毬《まり》だったのが嘘のようだ」

「や、ぁ……ゃ、め……」


「は、ぁ……く、ぁ……！」

ゲルに包み込まれただけで、性器はたちまち跳ね上がる。

龍神の手の中で餅《もち》のように伸びるゲルは、蕾の変化に沿って形を変えた。

相変わらず海洋生物に似た雰囲気があるが、楕円形になった今となっては巨大なゼリービーンズにも見える。漂う香りもとても甘く、自分がお菓子の一部になった気がした。

「ん、ぅ……っ」

「お前の変化も嘘のようだな。ただ被せただけでこの有り様では、動かすに動かせない。扱こうものならすぐに達してしまいそうだ」

「や、め……動かさなぃ、で……」

龍神の手が根元から先端に向けてほんの少し動いただけで、ゲルの突起が吸いついたり離れたりを繰り返す。

「く、ぅ、ぅ」
ねっとりと絡む甘い蜜が熱を持った。
何百という小さな吸盤に、挿入の悦びを知らない性器を弄《もてあそ》ばれる。
常盤や龍神に手や口でされるよりも強く、刺激的で、先端から根元まで一分の隙《すき》もなく
ジュプジュプと吸い上げられた。常盤の唇で、裏側に走る樹脈の一本を集中的に吸われる
快感を、性器のありとあらゆるところで同時に受けているかのようだった。
肉厚で不透明な白色だったゲルは、蕾の昂《たかぶ》りと共に薄く伸びて姿を変える。わずかに透
過し、包み込んだ性器のシルエットを薄らと透かしていた。
「や、ぅ……！」
ゲル越しに龍神の手から与えられる圧が、恐ろしいほどの快感を齎す。
嫌だともやめろとも言えなかった。喘《あえ》ぎ声をこらえるのがやっとだ。
「――ぅ、ん……ぅ！」
腰を引いて逃げても追われ、膝が勝手に開閉する。
容赦ないストロークに眩暈《めまい》がした。
これが、女や男を抱く側が味わう悦びなのだろうか。これに近い快感を、自分は常盤に
与えてきたのだろうか。きっと人工物の方が物理的な刺激は強くて、でも、好きだという
気持ちがある分、恋人を抱く方が満たされるのだろう。

剣蘭の姿をした常盤は、愛し愛されるのが生きる醍醐味《だいごみ》だと言っていた。心の交流があればこそ真の愉悦が得られるのだと、龍神を説得していた。あれはたぶん常盤の本音だ。

こんな玩具では得られない何かを、自分は常盤に与えてきたのだ。そして自分も与えられてきた。

想い人と交わることは、心の交流であり、悦びの交換だ。与えて与えられて一つになって、幸せを感じられる。

「——ぅ、ぁ……ぅ——ッ！」

常盤との間にあるものとは正反対の、一方的な行為に負けた。たまらなく気持ちがよくて、体が言うことを聞いてくれない。反応したくなくても強引に勃たされて、絶頂へと引き上げられた。痛みなど微塵《みじん》もなく気持ちいいばかりなのに、とても暴力的だと感じる。圧倒的な力を持つ巨人か何かに、むんずと髪を摑まれて無理やり立たされたら、きっとこんな感じがするだろう。引っ張り上げられたのが頭部か性器か、苦痛か快感かの違いはあるとしても、心が受けるダメージは似たり寄ったりだ。

「……っ、は……ぁ」

頭の中が真っ白になり、勝手に動く四肢がびくんっびくんっと震える。

腰も一緒に震えて、双珠から続く精管の中を熱い物が駆け上がった。

健康な体内で日々造られていく精子が、生理的に抗《あらが》えない条件反射で排出されただけのこと。どんなに勢いがあっても、喘ぎ声を漏らしていても、形ばかりで悦びがない。くすぐられて苦しいのに、顔が笑ってしまうのと同じだ。

「あ、ぁ……う、は……っ」

勃起と射精のために作られた性玩具で、ひたすら搾り取られる。

精液が噴水のようにびゅくびゅくと出続けているが、まったく以《もっ》て無意味だった。

機械で搾乳される乳牛と変わらない。システマチックに、白い液体を出すための明確な手順を踏まれただけだ。

「薔、これでまた一つ成長したな。抱く側の悦びが、少しはわかったであろう」

「……は、ぃ」

ぼうっとしながらも、逆らわずに答えた。

もう一度「はい」と、御機嫌取りのための台詞《せりふ》として答える。

気づいた時にはもう、龍神の手が止まっていた。

やんわりと握ったまま、脈動を感じているようだ。

透明な粘液でいっぱいだった蜜壺《みつつぼ》の中は、今頃さぞや白く濁っていることだろう。

龍神は満足そうだ。常盤の顔をして艶《つや》っぽく笑っている。

おそらく悪気はない。彼にとってはただの遊びか悪戯《いたずら》なのだ。
求められるまで手を出さないという約束を、辛《かろ》うじて破ってはいない。
少なくとも龍神の判断基準では、破っていないことになっている。
――俺にとっては、屈辱的で、吐き気を催すものだけど……。
常盤と再会して前向きになっていた気持ちに、冷や水を浴びせられた。
騒ぎ立てるほどの問題ではない。実害のない行為だとわかっている。
それでも、無理やり犯された気分だった。

3

八十一鱗《くくり》教団の聖地であり、始祖竜花《たつはな》が暮らしていた蒲牢島《ほろうじま》。

東京から船で約十二時間、今は住む人もいない南の無人島に向かい、船は順調な航海を続けている。

龍神《りゅうじん》と薔《しょう》がいるマスタースイートと同じフロアで、椿《つばき》は寝苦しい夜を過ごしていた。

与えられたアンスイートは二人で使っても十分な広さだったが、先々のことを考えると息が詰まる。隣のベッドの楓雅《ふうが》に、「明日は体力勝負ですから早く寝てください」と言っておいて、彼よりも体力が劣る自分がほとんど寝ずに朝を迎えそうだ。

集団行動で足を引っ張るわけにもいかず、絶対に寝なければと頑張ってはみたものの、深い眠りに落ちることはできなかった。

薬に頼るしかないと思った時にはすでに遅く、呑《の》める時間が過ぎていた。何度も使ったことがあるのでどうなるかはよく知っている。たとえ眠れても、起床後に足元が覚束《おぼつか》なくなるようでは意味がない。

――寝よう寝ようと思う一方で、前世と特定されたあの夢を見るのが怖くて、臆病《おくびょう》な気持ちが睡眠の妨げになっているのかもしれない。

本当は、蒲牢島になど行きたくなかった。

椿としては一度も行ったことがないものの、夢見月《ゆめみづき》としては一生を過ごした島だ。

幼い頃の夢見月にはよい想《おも》い出《で》もあったはずなのに、それらは断片的だった。印象的な部分ばかり繰り返され、ほとんど夢に出てこない。

──まず間違いなく前世だと思ってはいたけれど、わずかな可能性に縋《すが》りたい気持ちもあった。あれが、あの人生が……他の誰かのものか、ただの夢ならと……。

神から直《じか》に夢見月と呼ばれ、あっさりと答えは出てしまった。

もう逃げられない。もう言い訳できない。「夢の中の登場人物、夢見月は赤の他人です。彼の愛憎も、それに伴う言動も、私には一切関係ありません！」と突《つ》っ撥《ぱ》ねられるものならそうしたい。「私は単なる傍観者で、不思議な夢を見てしまうだけなんです」と、声を大にして言いたい。でも、そう言うにはあまりにも彼が心に食い込んでいる。

八十一鱗《くくり》教団とは似て非なる龍神信仰があった火山島で、過去の自分は次期神子《みこ》として生まれ、立派な屋敷《やしき》で何不自由なく育った。

今から三百年以上も前の話だ。

両親の記憶はないものの、物心つく前から崇《あが》められ、下にも置かぬ扱いを受けていた。遊び相手もなく淋《さみ》しかったけれど、穢《けが》れのないよう守られて幸せだったと思う。

それなのに、頻繁に夢に見るのは悪い男と出会ってからの出来事ばかりだ。

常盤《ときわ》の前世に他ならないその男は、身勝手で強引で、あやかしのように美しかった。

都から移ってきたうえに、病弱な弟を駕籠《かご》に隠して運ばせ、その後も家に隠して誰にも見せないという、実にあやしげで素性の知れない男だった。にもかかわらず島民は易々《やすやす》と男を受け入れた。余所者《よそもの》を嫌う性質を持っていながら、いとも簡単に迎合したのだ。

男に一目惚《ひとめぼ》れした夢見月が歓迎したから――というのが大きいが、その時にはすでに、ほとんどの島民が男に夢中になっていた。男は羽振りがよく垢抜《あかぬ》けていて、教養も高く、魅惑的な声で話し、いつも高貴な香りを漂わせていた。

龍神様の生まれ変わりではないかと持《も》て囃《はや》されるほどだったが、分を弁《わきま》えずに男に迫る不届き者は少なかった。

それなりに容姿に自信のある者は競い合い、平和だった島は変わっていった。男を巡って刃傷沙汰《にんじょうざた》がたびたび起きて、自ら命を絶つ者まで現れたのだ。

他ならぬ夢見月もまた、男に相手にされると夢見心地になった。誰よりも多く通われていることを誇り、表向きは澄ましながらも内心では有頂天だった。「夢見月様」と呼ばれ、島民から頼られ、代々尊《とうと》ばれる立場だったにもかかわらず、男に気に入られていることに最大の価値を見いだしていた。

やがて独り占めできないことが苦しくなって、果てしなく燃え広がる妬心《としん》に臓腑《はらわた》を焼き焦がされた。そこから先はもう、地獄しかない。

それまでの幸せが霞《かす》む勢いで、どろどろとした愛憎ばかり記憶している。弟以外には心を許さず、至高の宝として弟を囲い、大切に守っている男の愛を求めて、夢見月は夜叉《やしゃ》になったのだ。

最後の方の記憶は不明瞭《ふめいりょう》に渦巻いて、壮絶な殺意と赤黒い血に染まっている。夢見月が実際に罪を犯したのか、殺意は妄想のまま終わったのか、夢見月の人生を繰り返し見てきた椿にもよくわからない。明確なのは、夢見月の死に方だけだ。

──夢見月が私の前世なら、蒲牢島は私が生きた場所。そして死んだ場所ということになる。愛した男と来世で結ばれるために、龍神と契約した。自ら喉《のど》を突いて……。

夢見月の人生の最後に現れたのは、紫眼の黒龍だった。

海神であり火山の噴火を抑える力があるという、島の龍神伝説とは異なる姿の龍だ。それは海ではなく空に渦巻く積乱雲の中にいて、酷《ひど》く禍々《まがまが》しい存在だった。それでいて愛欲を向けてくる淫《みだ》らな龍神に、夢見月は魂と肉体を捧《ささ》げたのだ。

──短刀で喉を突いて……死にかけて、そして契約を……。

夢《うつつ》か現か、曖昧《あいまい》な最期《さいご》だったが、自ら喉を突いたことと、左に向けて掻《か》っ切《き》ったことは憶《おぼ》えている。右利きだったことも、どんなふうに短刀の柄《つか》を握っていたのかもわかる。

目の前が真っ赤になったのだ。でも、指先で触れた首筋は滑らかで傷一つない。

ここにある首は椿の物なのだから当然だ。椿は今、間違いなく生きている。

ただ横たわっているだけなのに、全力疾走したかのように脈が速い。

怖い、怖い、あの島が恐ろしい。島に着いたら思いだしたくないことまで思いだして、椿と呼ばれる今の自分を見失いそうだ。二つに裂ける心をこちら側に寄せ、自分の人生を歩き始めている今、夢見月の記憶を濃くしたくない。

――少しでも長く眠るべきなのに、嫌なことばかり思いだす。蒲牢島になんて行きたくない。いっそのこと海に飛び込んで、今すぐ消えてしまいたい。

体は静かに、心は嵐《あらし》の如《ごと》く荒れて乱れる。

ベッドからは景色がよく見えた。海も少し荒れて見える。

さりげなく奥のベッドを譲られ、なんの隔てもなく絶景を独り占めできるのはいいが、今ここにいるのは自分だけではないかと不安になった。

後ろでうるさくいびきでも掻いてくれたら安心できそうなのに、大柄な見た目に反して楓雅の寝息はとても静かだ。

位置関係がおかしいことは寝る前に気づいていたものの、椿は彼に何も言っていない。

通常、奥にある見晴らしのよいベッドは主人が使うべきだ。楓雅との間にあった身分の上下はすでに引っ繰り返っている。楓雅はもう、出自不明の大学生ではない。教団御三家筆頭である南条《なんじょう》家の当主だ。自分はその秘書に過ぎない。

それなのに今も変わらず、二人きりの時の楓雅は後輩のポジションを貫いている。

——私はそちらでいいですとか、むしろそちらがいいと言えばよかった。

もしも下座のベッドで寝ていたら、楓雅の寝顔を見る理由ができた。

急に起きられて目が合った時は、「海を見ていました」と言えば済む。

ろくに眠れないまま朝を迎えてしまったが、海を覆う秋の空は色を変えていなかった。

時刻は間もなく五時だ。設定通りにアラームが鳴り、楓雅が目を覚ますだろう。

その三十分後には各部屋に朝食が運ばれる予定になっている。それまでにある程度の身支度を済ませなければならない。食後は登山並みの装備をして、蒲牢島に持ち込む荷物の再確認。旅の安全と幸運を願い、龍神に祈りを捧げる。

当の龍神が一緒なのだから祈る必要はないが、教団員の行事に祈りは欠かせない。意味があろうとなかろうと、挨拶《あいさつ》と同じくらい当たり前のことだった。

——常盤様の魂が消えたという話、未《いま》だにとても信じられないけれど……乗っ取られている事実を知らない人も多い。言動に気をつけなければ。

眠るのを諦《あきら》めた椿は、それでも体だけは休めながら気持ちを整理する。

龍神が正体を隠して教祖常盤として生きたいと望む以上、話を合わせるしかなかった。

これからどうなるのか考えるのが恐ろしいが、逆らうという選択肢はない。

——上手《うま》くいけば楓雅は失明を避けられる。榊《さかき》様の不治の病も、龍神様なら治せるかもしれない。完治までいかなくとも、今よりは確実によくなる。絶対に。

南条家の明るい未来を確信する一方で、常盤のことを考えると鬱々《うつうつ》とする。

常盤の無事を願っているのかどうか、正直なところよくわからなかった。

常盤の姿をした龍神に振り回される薔を気の毒だと思うが、「あの男さえいなければ」という怨《うら》みの念が頭から離れない。

今生の常盤がそこまで酷いことをしたとは思っていない。

恋愛に関して誠実か否かで判断するなら、常盤は誠実だった。

少なくとも薔を抱いて恋仲になるまでは、常盤にとって薔は目に入れても痛くないほど可愛《かわい》い、我が子のような弟でしかなかったのだ。

愛に順序をつけるなら薔が不動の一位ではあったけれど、当時の彼が性愛の対象として向き合っていたのは椿一人だった。

常盤との仲がこじれたのは、完全に自分のせいだ。

常盤を手に入れるためにすべて捨てたつもりでいながらも、どうしても楓雅を捨てきれなかった。陰神子の自分が卒業したことで楓雅が失明するのではないかと思うと、心配でたまらなかった。楓雅が部屋に籠《こ》もりがちになったり、足元が危うく階段から落ちそうになったりしているという話を聞いて、居ても立ってもいられなかった。

結局、常盤の反対を押しきって学園職に就いてしまった。贔屓生《ひいきせい》だった経験を生かし、贔屓生の心のケアができる竜虎《りゅうこ》隊員でありたいなどと、善人ぶった嘘《うそ》をついた。

他の男に心を寄せているのを常盤に見破られ、お互いに相手を独占できないことに苛《いら》立《だ》って、自分から終わらせた関係に未練を抱いた。つけ入る隙《すき》を狙《ねら》っていた。

夢見月と椿と、前世の想《おも》いと今生の想いを区別できず、どちらも中途半端に引《ひ》き摺《ず》って二心持っていたから、薔の一途《いちず》さに負けたのだ。

――常盤様は悪くない。でも、前世のあの人は間違いなく悪い男だった。弟への恋情と性的な欲求を認識しながら、夢見月を捌《は》け口《ぐち》にした。甘い言葉を囁《ささや》いてその気にさせて、誇りを散々傷つけて……まるで陰間のように扱った。挙げ句の果てに、私の気持ちを……夢見月の気持ちを、重いと言って……面倒になったと言って、無下に捨てた！

許せなくて、それなのに好きで、好きで、心臓が焼け焦げて血が沸騰するような熱量で彼を愛した。

島の火山が噴火しないよう、海神たる龍神に祈りを捧げる立場だったにもかかわらず、自分自身の炎を消せなかった。彼の心も体もすべて欲しくてどうしようもなくて、憎悪の矛先を誤った。彼ではなく、彼が愛する弟を憎み、呪《のろ》ったのだ。

そんな夢見月の心を、今も抱えている。

常盤と薔の幸福を手放しで喜べないのは、自分が夢見月である何よりの証拠だ。

「――楓雅」

今の自分を取り戻すための名を、窓に向かって呟《つぶや》いてみる。

ぴんと張った強靱《きょうじん》な命綱のように、それは確かに作用した。楓雅の名を口にして、顔を思い浮かべるだけで世界が変わる。こちら側に戻ってこられる。今の自分は椿であって、二人分の人生を抱える必要はないのだと思わせてくれる。

「椿さん、おはようございます」

「……っ」

後ろから声がして、驚いて振り向くと目が合った。

枕《まくら》に半面を埋めたまま、楓雅が心配そうな顔をしている。

「俺のこと、呼びましたよね？」

「呼んでません」

咄嗟《とっさ》に嘘をついてしまった。息をするように嘘をつく自分に嫌気が差すが、彼は「いやいや絶対呼びましたよ。つまり寝言ですね」と笑う。

子供のような寝息を立てていたのが嘘のように、雄らしい顔だった。

ここが海の上で、小さなルームランプしか点《つ》いていない薄暗い室内だということを一瞬忘れてしまう。陽だまりの下でのんびりと寛《くつろ》ぐ、金獅子《きんじし》を見ている気分だった。

「椿さんが寝言で俺の名前を呼ぶなんて凄《すご》い、感激だな」

「やめてください、空耳です。波の音では？」

「ああ、セイレーン的な感じですかね」

「朝から馬鹿《ばか》なことを言わないでください。ちゃんと寝ましたか？」

訊《き》くまでもなくわかっていることを訊く。

短い眠りから覚めるたびに楓雅の寝顔を確認し、それでいて長く見てはいられなくて、気づかれる前に背を向けていた。

「俺はよく眠れましたよ、緊張感足りないだろってくらいぐっすりでした。椿さんは眠れなかったんじゃないですか？」

「そういう、疲れた顔をしていますか？」

「いえいえ、いつも通り綺麗《きれい》です。ただ、俺と違って繊細だし、色々と思うところあって眠れなかったんじゃないかと」

「何もありません。よく眠れました」

「それならいいんですけど」

にこりと笑いかけられ、顔を合わせていられなくなる。

これが今生の出来事で、紛れもない現実だと思うと、自分としては心穏やかになる。

けれども夢見月に対する罪の意識は強まった。彼の命懸けの願いは今のところ叶《かな》わず、今後も叶う見込みがない。叶える努力すらも、する気になれない。

叶いそうなところまで行っていたにもかかわらず、自分が潰《つぶ》したのだ。

どう言い繕ったとしても、その事実は変わらない。

――常盤様から、「俺の物になれ」と言われた時、応じていればよかったのだろうか……常盤様だけに尽くせば何か変わったのだろうか。そうしていたら楓雅は失明して、学園に残ることも教祖選に出ることもできなかった。常盤様も結局は薔に奪われ、私は何もかも失っていたかもしれない。それとも常盤様だけを一途に追いかけていれば結果は違ったのだろうか。夢見月の悲願は叶い、今頃は常盤様と私が……。

いや、それはない。一途であろうとなかろうと、結ばれることはなかっただろう。

人生は選択の繰り返しで、これまで重要な分岐点をいくつも見てきた。そうと気づかず選んだものも星の数ほどあるはずだ。

意識して選んだものを大きく変えて別のルートを進んだとしても、最後はやはり常盤と薔の絆《きずな》に負ける気がする。

二人の宿命の強さは、夢見月の呪わしい悲願を上回る気がしてならなかった。ましてや夢見月ほどの想いがない自分に、どうこうできるわけがない。

「椿さん、アラームが鳴るまであと三十分くらいありますけど、寝ますか？　起きるなら髪を編ませてください」

「結構です。一つに結ぶだけで十分ですから」

「そうですか……残念。髪質の近い人に頼んで練習させてもらったんだけどな」

「――練習？　どちらの女性に？　それとも男性ですか？」

「あ、それ気になりますか？」

「いいえ、個人的にはまったく気になりません。ただ、貴方《あなた》は世間に出たばかりで何かと無防備なところがあるので、秘書として心配しているだけです」

「秘書としてでも気にしてもらえるのは嬉《うれ》しいです」

「迂闊《うかつ》な言動でどこかの御令嬢をその気にさせていませんか？　貴方は南条本家の当主なのですから、無責任なことをしてはいけませんよ」

「そのへんは抜かりなく。妹に頼んで練習させてもらいました」

「ああ、妹さんでしたか。たくさんいらっしゃいましたね」

「はい、姉もたくさん。ね、抜かりないでしょう？」

楓雅は言葉通り嬉しそうな顔をして、にこにこと笑いかけてくる。

薄暗いので顔色まではよく見えないが、頬《ほお》が桃色に染まっていそうな表情だ。

これまでの人生に後悔は数多《あまた》あるものの、楓雅の視線が自分に向いていて、しっかりと焦点が合っていることに感謝せずにはいられなかった。楓雅の目が見えなくなるなんて、そんな未来は考えられなかった。どうしても受け入れられなかった。

彼の目がそれなりに機能し、彼が微笑《ほほえ》んでいる今を否定することはできない。

常盤や薔に負けた結果であろうと、これが現実だ。夢見月が見たらさぞかし腹を立てるだろうが、今ここで楓雅と目を見合わせている人間こそが、自分だ。

「——椿さん？」

「すみません、もう少し寝ます。一分でも長く寝ておきたいので」

「はい、それがいいと思います。おやすみなさい」

楓雅に背を向けて呼吸を一つ。彼の「おやすみなさい」を胸に刻んで瞼《まぶた》を閉じる。

蒲牢島への恐れはあるものの、気持ちの整理はついた気がした。怖くても行くと決めた以上、腹を括《くく》らなければならない。今やるべきことは、とにかく眠ることだ。

寝て起きて支度をして、島に上陸し、封隠窟《ふういんくつ》に向かって歩けばいい。

楓雅の広い背中を追って、黙ってついていくだけでいいのだ。

「あ、電話」

一分でも長く寝ようと思ったその時、内線電話がトゥルトゥルと鳴る。

秘書という立場の自分が取るべきだと思ったが、すでに楓雅が受話器を握っていた。

「おはようございます、楓雅です」

南条家の当主という立場を忘れているのか、楓雅は一学生のように爽《さわ》やかに応対する。

二つのベッドの間にある電話機に、相手の部屋番号が表示されていた。

もう一つのアンスイートからだとわかる。竜虎隊の業平《なりひら》、橘嵩《きったか》、笹帆《ささほ》の誰かだ。

「はい……えっ、三時間？　そんなに？　いや、でも着いたら五時間は確実に歩くので、それだと下手したら二泊になりますよ。一応それ相応の準備はしてますけど」

誰と話しているのか椿の耳には届かなかったが、内容は察しがついた。

何か不都合が生じて遅れが出ているのだろう。最初は船や海の問題かと思った。

蒲牢島は黒潮が渦巻く絶海の孤島で、天候次第では現代でも上陸が難しい島だと聞いている。実際に島に近づいている今、窓外から見える海面は荒れているように見えた。

しかし少し考えれば別の問題だとわかる。やむを得ない事情に対して、楓雅はこんな、露骨にしぶしぶといった話し方はしない。

「はい、わかりました。じゃあ朝食は八時半からってことで。全部三時間遅れですね……はい、はい、了解です」

内線通話を終えるなり、楓雅は不味《まず》い物でも食べたような顔をする。

ベッドの上で身を起こしていた椿に視線を向けると、「参りましたよ」と言わんばかりに首を傾《かし》げた。

「龍神様の御都合ですか?」

「はい。寝るのが遅くなったから三時間遅れにするようにって、昨夜業平さん達に連絡があったそうです。最長二泊の準備はしてるのでいいんですけど、薔の身が心配で」

楓雅が薔の名前を出すなり、椿は静電気に似た小さな痛みを感じる。

本当にささやかなものではあったが、思いがけない痛みは不快なものだ。

「貴方は、龍神様の就寝時間が遅くなったことに薔が関係していると思うんですか?」

「思います。椿さんは思いませんか？」

思うも何も、貴方のように薔の身を案じていませんから考えてもみませんでした――と言いたいところだったが、さすがに刺々《とげとげ》しいので「わかりません」の一言で済ませた。

不快感の原因は考えるまでもなかった。

薔に対する嫉妬《しっと》だ。それも、とてもとてもしぶとい嫉妬。

態度に出さないよう抑えることはできても、感情自体は強過ぎて殺せない。

薔は幼少期を常盤の庇護《ひご》下で過ごし、王鱗《おうりん》学園に来てからは兄の楓雅から可愛がられていた。本人は気づいていなかったにせよ、薔にはいつも守ってくれる兄がいたのだ。

どちらも包容力のある優れた兄で、薔は生まれる前から愛に恵まれている。

学園を卒業した途端に、「何故《なぜ》神子になれなかったのか」と親から詰《なじ》られ、「せめて常盤様の寵《ちょう》を受けろ、この役立たずが」と罵《ののし》られた自分とはまったく違う。

「薔とゆっくり話す時間を取れなくて、龍神様との関係がよくわからないんです。たぶんそんなに悪い状況ではないと思うんですけど、こういうの聞くと不安になります」

「どういう関係なのか少しは聞いたのでしょう？　恋愛がどうとかって」

「はい、一応。先日もお話ししましたけど、龍神様は『薔と恋愛を愉《たの》しむことを優先している』と仰《おっしゃ》っていて、他の神子にも薔にも肉欲を向けていない様子でした。ただ、はっきり聞いたわけじゃありませんから」

椿は同じ話を旅程が決まった日にも聞いていて、「どのような関係だとしても、龍神様の相手を一人でするのは大変ですね」と素っ気なく答えた記憶がある。

今は何も言わなかったが、憐憫《れんびん》を視線で返した。

他人の痛みや苦しみを、自分に置き換えて想像することはできる。

感じ方は人それぞれで、仮に同じ目に遭っても、傷の深さは区々《まちまち》だということも知っている。浅い傷口から血を押しだし、わざわざ人に見せる者もいれば、致命傷を隠して耐え忍ぶ者もいる。

薔に同情する気持ちは少なからずあった。

つらいだろうと思う。魂が消滅したと言われている常盤のことが心配でたまらなくて、今この瞬間も胸が潰れそうな気持ちでいるかもしれない。

そう考える反面、惚《ほ》れ込んだ男の肉体に神が降りているなら、何をされても耐えられるはずだ……とも思ってしまう。結局のところ自分ならば耐えられるからだ。最悪の事態に比べれば、そう悪くない話だと思わずにはいられない。

椿の場合は見た目も中身も嫌いな男が相手だった。

名前を聞くだけで鳥肌が立つくらい大嫌いな男に何年も嬲《なぶ》られてきた自分と比べれば、ここ数日の薔の痛みなど掠《かす》り傷程度のものに思えてしまう。

そう決めつけるのは愚かだとしても、思ってしまうものはどうにもできない。

「楓雅、そんなに心配しなくても大丈夫ですよ。たぶん、薔は無事です」

「椿さん、何か知ってるんですか？」

「知りませんし根拠もありません。ただの勘です」

そんな勘は働いていなかったが、楓雅を安心させるために嘘をついた。

効き目のほどはわからないが、彼は「椿さんの勘なら心強いです」と笑う。

楓雅はこれから、龍神を含む一行を先導しなければならない立場だ。

しかも一度も行ったことがない場所で、榊から口頭で伝えられた情報だけを頼りに突き進むことになる。

これはそんな楓雅のための嘘だからよい嘘だと折り合いをつけつつも、本当は身勝手な行為だとわかっていた。楓雅が薔の身を案じる姿を見たくないから、安心という名の幕を下ろしたのだ。他の誰のためでもなく、自分のために。

「楓雅、実を言うとあまり眠れなかったので、出発が遅れる分、なるべく長く眠りたいと思います。しばらく独りにしてもらえますか？」

「あ、はい。もちろんです。気づかなくてすみません」

「主《あるじ》を追いだすようで申し訳ありません」

「そういうのやめてください。今は誰もいませんから。俺は、椿さんの恋人に昇格したい後輩です」

「そういうのやめてください」

「はい、すみません。えっと、じゃあとりあえず適当に着替えますね。登山計画書を書き直さなきゃいけないんで、それと地図だけ持って外に出てます。ミニホールに」

「ありがとうございます」

「三時間ちょっとで戻りますけど、もし何かあったら呼びだしてください」

楓雅は大急ぎで着替えると、寝癖をさっと整えて出ていった。

このアンスイートの外には、大きな窓を備えたミニホールがある。いわゆるリビングやミーティングルームに相当し、乗客全員が集う場所だ。スカイラウンジも近いので、日の出を見ようと人が集まってくるに違いない。塀に囲まれて育った面々が、水平線から昇る朝日を見たがらないわけがない。

龍神が薔を自由にさせるかどうかはわからないが、運がよければ、楓雅はどこかで薔に会えるだろう。少しくらい話せるのでは、と思った。

やはり薔への関心は薄いが、楓雅の憂いを取り去りたい気持ちは確かにある。龍神との性的な関係があろうとなかろうと、薔には是非とも「大丈夫だよ」と言ってほしい。

事実でも嘘でもいいから、楓雅が安心する言葉だけを口にしてほしい。

——薔の性格なら楓雅に泣きつくことはしないはず。薔に会えば楓雅の憂いは晴れる。だから私は、私のことだけを考えていればいい。

蒲牢島や夢見月に呑み込まれないよう、まずは心身共に整えなければならない。

夢見月が過去の自分と同一の魂を持っていたとしても、別の人生を生きれば別人だ。

他人ではなくとも自分ではないのだから、どんな記憶が流れてこようと関係ない。自己嫌悪に陥ったり自責の念に駆られたりする必要はないのだ。ただの傍観者に過ぎないと、割りきるべき時が来ている。

――二人分の人生を背負えるほど、私は強くない。過信せずに、私は私を保たなければいけない。夢見月の情念は私のものではないのだから、自我を保って……。

瞼を閉じてなんとか寝ようとすると、忘れたい血の色が蘇《よみがえ》る。

おぞましい執着心から逃れようとすればするほど囚《とら》われて、またしても眠るどころではなくなりそうだった。奥の手を使わなければ、貴重な時間を有効に使えなくなる。

「……楓雅」

ほとんど声を出さずに、黄金《こがね》色の名を口にした。

楓《かえで》は琥珀《こはくいろ》色の方が近いのだろうが、椿にとっては黄金色だ。

太陽のように眩《まぶ》しく、直視できない光の色。熱を感じる色。

それは圧倒的な力で邪気を祓《はら》い、世界の色を変えてくれる。

4

楓雅《ふうが》がアンスイートを出た時、ミニホールにはすでに剣蘭《けんらん》がいた。

自分と同じく、遅延連絡を受けてとりあえず着替えて出てきたという風情だった。

ミニホールには巨大モニターが設置してあり、それに向かうようにソファーが置かれている。二十人ほどかけられるうえに、どこに座ってもモニターと海の両方を見られるよう工夫されていた。

剣蘭はどこにも座らず、バーカウンターに寄りかかって白いジャージのポケットに手を突っ込んでいる。その視線の先にあるのは、マスタースイートに続く廊下だ。

「剣蘭、おはよう」

声をかけると、すでに気づいていた様子でついと顔を向けてくる。

「おはようございます」

口調は普通だったが、見るからに機嫌が悪そうだった。

まるでこの世のすべてを呪《のろ》っているような、獰猛《どうもう》な目をしている。

見えない圧を感じて近寄り難《にく》くなり、楓雅は最初に座ろうと思った席よりも少し手前で腰を下ろした。

「遅延の話、聞いた？」

「はい、つい先ほど内線で」

「三時間ちょっと暇になっちゃったな、他に行きたい所もないし」

「部屋にいられない事情でも？」

「え、ああ、うん。薔《しょう》が心配で」

それに、椿《つばき》さんをゆっくり寝かせてあげたいし——と付け足しそうになったが、相手が剣蘭なのでやめておいた。

今はなんとも思わないかもしれないが、剣蘭はかつて椿を慕っていた。

部屋割りは知っているにしても、こちらから同室アピールはしない方がいいだろう。

「薔、出てこないな」

「龍神《りゅうじん》様が離してくれないか、眠っているかのどちらかでしょう」

「嫌な目に遭ってないといいけど」

「——その発言からすると、常盤《ときわ》様の意識がないってことご存じなんですね」

「なんだ、知ってたのか」

「茜《あかね》は知りませんが、俺は知っています。龍神様が常盤様に憑依《ひょうい》したあとすぐに、森でお会いしましたから。龍神様の口から直接、常盤様の魂は消滅したと聞きました」

「その言葉を信じてるわけじゃないだろ？」

「はい」

即答した剣蘭に、楓雅はうんうんと深く頷《うなず》き返した。

不機嫌なオーラはそのままに、剣蘭は口の端で笑う。

本当は何も面白くないのに、適当に作ったような表情だった。

剣蘭は常盤の異母弟だが、母親似と言われている常盤によく似ている。いわゆる西王子《さいおうじ》一族らしい、整った顔立ちだ。今後成長してごつくなるかならないかで分かれそうだが、今のところは以前に増して常盤に似て見えた。ほんのしばらく会わないうちに大人びて、ふとした仕草や眼差《まなざ》しに、妙な色気を感じる。

「薔が神子《みこ》になったり、船旅をしろって言われたり、急な話ばかりで驚いただろ？」

「ええ、まあ、それなりに驚きました。薔が神子として公表されるのは想定内でしたが」

「薔が神子だってこと、以前から知ってたのか？」

「はっきりと聞いたわけではありませんが、薄々勘づいていました。あれほど可愛《かわい》いのに選ばれないなんて、俺にはとても考えられなくて」

「うん、そうだよな。身内贔屓《びいき》になっちゃうけど、最近ますます可愛くなってて」

「近頃は綺麗《きれい》だと思うことが多くなりましたが、やはり可愛いですよね」

「うんうん。それにしてもよかった。薔に諸々《もろもろ》の事情を知っていて理解してくれる友人がいて安心したよ」

「そうですね。俺が言うのもなんですが、薔は友人に恵まれていると思います。もうすぐ茜もここに来ますが、彼も薔のことをとても大切に思っています」

「ほんとだな。薔も俺達と同じく常盤さんの魂が無事だって信じてるはずだけど、心細い時もあると思う。旅の間、チャンスがあればなるべくフォローしてやってほしい」

薔の兄として当たり前のことを言った楓雅は、思いがけない視線を受ける。

バーズアイメープルの華やかなバーカウンターに寄りかかったまま、剣蘭は刺すような目でこちらを見てきた。元々視線は繋《つな》がっていたはずなのに、突然尖《とが》って重くなる。

さすが兄弟ということなのか、まるで常盤に睨《にら》まれたかのようだった。

薔に関して、「お前に頼まれる覚えはない」と、かつて馬上から睨み下ろしてきた常盤にそっくりだ。

「はい。薔のこと、気をつけておきます」

口だけは殊勝なことを言い、剣蘭は目の前までやって来た。

楓雅が手にしていた蒲牢島《ほろうじま》の地図を見て、「宝の地図ですか?」と訊《き》いてくる。

「ああ、これは……手持ちの中では一番詳細な地図。宝というか、契状が収められた封隠《ふういん》窟《くつ》を探すための物なんだ。あれ?　その話も知ってるのか?」

「知っているわけではありませんが、経典の暗記は得意なんです。封隠窟のことも契状のことも経典に大まかに書いてありましたから、察しはつきます」

ごめん」

「凄《すご》いな、さすが常盤様の弟って感じだ……あ、いや、そういう褒め方はよくないよな、

「気にしていません。貴方《あなた》も、さすが榊《さかき》さんの弟だと言われたら嬉《うれ》しいのでは？」

「俺は凄く嬉しいね。自分の兄を敬えるのはいいことだ」

「そうですね。封隠窟の場所は、榊さんから聞いたんですか？」

「そう、父ではなく兄に教えてもらった。けど地図にメモとかはしてないんだ。封隠窟の場所に関しては点一つ打ってはいけないと、兄から厳しく言われてる」

「全部、頭の中に？」

「うん、けどそんなに難しいことじゃない。俺が聞いた伝承は、至極シンプルなものだ。ただし、封隠窟を見つけるのが簡単かどうかは、実際に行ってみないとわからない」

「――貴方が頼りだ」

「うん、わかってる」

なんだか年下と話している感じがしない。おかしいな、兄さんは剣蘭と会って、とても真《ま》っ直《す》ぐでいい子だったと言っていたのに……その話に自分も納得したはずだったのに、以前とは印象が違う。何か屈折していて、光が届かないところがある。こうして目を合わせていても底が知れない――そう感じて俄《にわか》に警戒した楓雅に、剣蘭は「珈琲《コーヒー》を頼もうと思います。一緒にいかがですか？　好みがあれば教えてください」と訊いてきた。

「あ、うん。じゃあお願いしようかな。アメリカンで」

そう答えると、剣蘭はバーカウンターに戻って内線電話を操作した。

スマートな手つきに見えたが不意に手を止めると、「厨房《ちゅうぼう》にかける方法、わかりますか？　こういうの慣れてなくて」と苦い顔をする。

苦笑に見せかけていたが、目がまったく笑っていなかった。

楓雅が立ち上がって操作パネルを弄《いじ》ると、「ありがとうございます」と礼を言う。速やかに応対したらしい厨房のスタッフに、「ミニホールに珈琲をお願いします。アメリカンを三つ」と、もうすぐ来るという茜の分も頼んだ。

──なんか、やけに慣れてないか？

お願いしますと丁寧に言ってはいるものの、楓雅は強い違和感を覚える。王鱗《おうりん》学園の童子にしては、人にものを頼み慣れているように見えた。同じ学園で育った者として不自然に感じる。

「アメリカンにしたんだ？」と何気なく訊くと、剣蘭は綺麗な顔でにこりと笑った。

またしても目が笑っていない。

「珈琲の種類、よくわからないので。同じにしておけば間違いないと思いました」

「そっか」と、楓雅は無難な笑顔を返す。

言葉だけは素直で可愛い後輩だが、何もかも嘘《うそ》くさく見えた。

——種類がわからない人間は、好みがあれば教えてくださいなんて訊かないよな。本で調べて知ってるなら、わからない振りをする必要はないし……なんか、カマトトぶっててあやしい。

蕾と同じ日に生まれた少年。大人びて見えても世間知らずで、まだ初心《うぶ》なところがある年頃のはずなのに、剣蘭には生意気では済まない傑出した雰囲気がある。

兄弟だからなのか、それは常盤が醸しだす威圧感によく似ていた。

「そう言えば、常盤さんはエスプレッソが好きだって兄から聞いたよ」

「そうなんですか。俺はよく知りません」

「一緒に暮らしたこと、ないんだもんな」

「はい。あ……空が白み始めてきましたね。そろそろ島が見えるでしょうか」

「うん、予定通りならもうすぐ見えると思う。黒潮に浮かぶ絶海の孤島」

話を逸《そ》らされた気がして、胸に靄《もや》がかかる。

今考えるべきは島に着いてからの行動と、部屋から出てこない蕾のことなのに、常盤を思いだして仕方がなかった。

ふと、兄の言葉が頭をよぎる。

十代の頃から常盤に惚《ほ》れ込《こ》み、今や彼が世界の中心のようになっている兄の榊は、折に触れて常盤の話をしていた。

『常盤はエスプレッソが好きなんだ。ああ見えて砂糖も入れる。クレマが崩れないようそっと沈める所作がとても綺麗で……それを目にして以来、私も同じ飲み方をしている』

本当は紅茶派だという兄は、そんなことを言いながら幸せそうにエスプレッソを飲んでいた。

だからどうというわけではないが、もしも自分がエスプレッソを頼んでいたら、剣蘭も同じ物を頼んだのだろうか。そして彼もまた、砂糖をそっと沈めたのだろうか。

そんなことは今どうでもいいはずなのに、何故《なぜ》か考えてしまった。

5

時刻は午前九時を回る。全長百三十一フィートのトライデッキスーパーヨットは、三時間ほど前に目的地に到着した。東京からの所要時間は約十二時間だった。

船は蒲牢島《ほろうじま》にある唯一の港に、まったく以《もっ》て不釣り合いな姿で停泊している。常盤《ときわ》が昨年購入したばかりの美しい船だからというのもあるが、そうでなくとも侘《わび》しい港だ。

平らな岩を敷き詰めてあり、無人島にある港と考えれば立派と言えるのだろうが、兎角《とかく》古びている。長年放置されて海風に晒《さら》されたせいか、干上がった貝殻が天然の絨毯《じゅうたん》のように岩肌を覆っていた。

薔《しょう》は視認性の高い黄色のアウトドアウェア姿で、同じ恰好《かっこう》の龍神《りゅうじん》に手を引かれる。階段付きのタラップを使い、高い船から低い港に下り立った。

蒲牢島の形は、薔がイメージしていた島とはまるで違った。過去に触れた書物や絵画の影響か、島というからには砂浜や浅瀬があるに違いないと決めつけていたが、そういったものは存在しない。火山島のため噴火の際に内側に抉《えぐ》られた地形で、端から端まで海抜が高いのが特徴だ。

外から見ると切り立った海蝕崖《かいしょくがい》が聳《そび》えるばかりで、台形に近い形をしている。岩の表面は黒っぽいが、抹茶粉をまぶしたかのように上の方から緑に覆われていた。港が一つしかないのは地形と潮流のせいだ。現代の最新の船でも天候によっては近づくこともできない、船乗り泣かせの孤島と言われている。

龍神を含む一行は天候に恵まれて問題なく停泊できたが、それでも波は高かった。

「海に落ちないように、柵《さく》には頼らず、自分のペースでゆっくり上ってくれ！」

階段の上から楓雅《ふうが》の声が届く。

島の北側にある港から続くのは、石を積まれた長い階段だった。崖《がけ》の側面を伝う構造になっていて、いきなり試練が始まる。

「薔様、やはり荷物は私が」

薔の前の前を行く橘嵩《きったか》が立ち止まり、間に龍神を挟んだ状態で声をかけてきた。

薔はすぐさま「大丈夫です、ありがとうございます」と答える。真後ろには剣蘭《けんらん》の姿の常盤がいて、薔が背負うリュックの底に手を当てて、重さを軽減してくれていた。

時々後ろを振り返っていた橘嵩は、それを見て薔が難儀していると思ったのだろう。

「薔、橘嵩に持たせればよいではないか。何故《なぜ》そう意固地になるのだ？」

「べつに意固地になんてなってません。自分の分は自分で持ちたいんです。橘嵩さん達はテントとかも持ってるし、リュックのサイズも荷物の量も全然違うじゃないですか」

「違って当然であろう。教団が作った身分で言えば、お前は最高位の神子《みこ》で、橘嵩は竜《りゅう》虎《こ》隊の平隊員だ。立場が違えば荷物の量も違って当然。頼れるものは頼るがいい」

「そういうのやめてください。だいたいそんなこと言ったら楓雅さんが一番大荷物なのも変な話だし。剣蘭も、俺の荷物支えなくていいから」

薔は名前を言い間違えないよう気をつけながら、後ろの常盤に「ありがとな」と、友人向けの淡泊な礼を言う。

当然のように荷物一つ持たない龍神は、常盤の姿で薔の前にいた。

いつも隣にいたがる彼が前にいるのは、二人並ぶと危険なほど道幅が狭いからだ。

左側は濃灰色の岩肌で、所々木が生えて伸びているので危険が伴う。何しろ右側は断崖《だんがい》絶壁《ぜっぺき》だ。

先頭を行く竜虎隊員の業平《なりひら》と笹帆《ささほ》が、危険な枝を工具で伐採したり、足元を這《は》う蔦《つた》類を剝《は》がしたり枯れ木を海に落としたりと、後続のために石段を整えながら上がっていく。

当然時間をかけて上ることになり、時には全員足を止めることになった。

ヴィーン、ヴィーン、メキメキッと、耳障りな音が反響する。

「空いた時間があったのだから、先に上陸して露払いしておけばよいものを。竜虎隊員は使えぬな、要領が悪い」

「常盤様、申し訳ございません！　ここは聖地ですので、許可なく先に上陸するわけにはいかなかったのです」

「くだらぬ決まりだな。臨機応変という言葉を知らぬのか？」

「申し訳ございません！」

「まったく、無粋な工具の音……私は嫌いだ。蔦は臭いし、船に戻りたくなる」

「本当に申し訳ございません。あの、僭越《せんえつ》ながら耳栓や防塵《ぼうじん》マスクの御用意があります。お使いになられますか？」

「使うわけがなかろう、わずらわしい」

「重ね重ね申し訳ありません。では、一旦《いったん》船に戻られますか？」

「ここまで上ったのに引き返すのは面倒だ」

　橘嵩と龍神のやり取りを黙って聞いていた薔は、我《わ》が儘《まま》な龍神の言葉に我慢がならず、

「そんな言い草ないと思います」と割って入った。

「自己都合で急に予定を変更したのは教祖様じゃないですか。ここは教団にとって単なる島じゃないんです。扱いが難しいのは当然だと思います」

「薔、そのように怖い顔で怒るな、ほんの少しぼやいただけではないか」

「それこそ自分の立場を考えてください。教祖様のぼやきを無視できない立場の人だっているんです。酷《ひど》く責めてるのと同じになるってことを忘れないでください」

「うむ、その通りだな。以後気をつける」

龍神は手ぶらの両手を胸まで上げて、ひらひらと振る。

機嫌が悪いよりは遥《はる》かにましだが、散々文句を言いつつも上機嫌な様子に腹が立った。

昨夜、龍神は薔の体を繰り返し弄《もてあそ》び、遅らせた朝食の時間まで薔を離さなかった。

そのせいで常盤や楓雅に心配をかけてしまい、根掘り葉掘り訊《き》けない立場の二人はどんよりと暗い。

マイナスの引力は強く、この旅のリーダーである楓雅のテンションは、メンバー全員に多大な影響を及ぼしていた。楓雅と同じく普段はムードメーカーで明るい茜《あかね》も、空気を読んでおとなしくしている。

一行は黙々と、時折立ち止まりつつ石段を上った。

右手に心理的な安心感を与えてくれる柵があるものの、腐食が酷くてあちこちロープで補われている。嵐《あらし》の時に引っかかったのか、海藻らしき物がロープに絡みついていた。

カサカサと音を立てるそれは、干物で出来たフリンジのようだ。

等間隔に植え込まれた杭《くい》自体が脆《もろ》そうで、体重など絶対にかけられない。

しばらく障害物がなく順調に進むと、目の前を行く龍神が鼻歌を歌いだした。

露払いを担う先頭グループは、業平、笹帆、茜。第二グループは楓雅、椿《つばき》、橘嵩。少し離れて進む第三グループが、龍神、薔、剣蘭の姿の常盤だ。

前半の順序はなんとなく決まり、途中からは龍神が順序を指示した。

常盤の意識が完全に乗っ取られていることを知っている者だけを近くに置いて、演じることなく過ごしたいのだろう。

橘嵩は詳しい事情を知らないが、熱心な信者であり、常盤の信奉者でもある。神と一体化したと主張する常盤が古風な話し方をしていても、ありのままに受け入れているようだった。

――常盤を俺の後ろにしてくれたのはよかったけど、何も話せないのがつらい。なんかずっと、見られてる気がするし……。

最後尾という、最も人目を気にしなくていいポジションを得た常盤は、無遠慮に視線を注いでくる。

先の長い石段を上りながら、薔は隙《すき》を見て何度か振り返った。

そのたびに目が合う。

薔は常盤に言いたいことがあった。

船のミニホールで待っていてくれた常盤と楓雅と茜に薔は何も言えず、彼らも薔に何も言えなかった。薔が部屋を出た時、龍神に手を引かれていたからだ。

龍神の機嫌を損ねるわけにはいかず、ぐっと言葉を呑《の》んで、「龍神様おはようございます」と言った二人の兄と茜の顔には、訊きたい言葉が浮かんでいた。

大丈夫かと、六つの瞳《ひとみ》が語りかけてきたのだ。

心配してくれた三人の気持ちが痛いほど伝わってきて、薔も目で応じた。

大丈夫、何も問題ないから心配しないでくれと、そう訴えたけれど、口にできたのは「楓雅さん、おはよう。剣蘭と茜も」という最低限の挨拶《あいさつ》だけだ。

なるべく軽い表情を心掛けてはみたものの、彼らをどれだけ安心させられたのかわからない。もしかしたら半分も伝わっていないかもしれない。

――この並びと石段の狭さは、逃しちゃいけないチャンスだ。頂上に着いたら龍神様が真横に来るだろうから、次はいつ話せるかわからない。

先頭のペースに合わせて石段を上がっていた薔は、意図的に少しずつ遅れる。

龍神との距離がわずかに開いた時、覚悟を決めて足を止めた。

「あ、靴紐《くつひも》が」

龍神が後ろを見ていないのを確認しながら呟《つぶや》き、右足の靴紐を摑《つか》んでシュッと解く。

「大丈夫か?」

「剣蘭、ごめん。結び方が甘かったみたいだ」

龍神に聞こえてもいいように、むしろ聞こえることを前提として言葉を交わした。

示し合わせたわけではなかったが、すぐに察した常盤は足を止めて、「解《ほど》けない結び方があるだろ、授業で習ったのを忘れたのか?」と屈《かが》む。

薔が知る限り習った覚えはなかった。

わざと授業をサボっていた時期があるので知らないだけなのか、常盤の適当なアドリブなのか、どちらかわからない。

「俺、授業サボりまくってたから」

「仕方ないな、結んでやる。出発直後に解けるようじゃ先が思いやられる、ぜ」

剣蘭らしくするために取ってつけたような「ぜ」は、なくてもよかったんじゃないかと思う薔の足元で、常盤はトレッキングブーツの紐を余計に解く。

剣蘭の髪は常盤と同じ色で、しかしもっと短く、額のほとんどが露《あらわ》になっていた。

当然ながら手指も全部剣蘭の物だ。本来は自分の物ではない手を上手に動かし、常盤は見たこともない結び方をした。

まるで綾《あや》取《と》りのようだった。やってみろと言われても簡単にはできそうにない手順で、二重の蝶《ちょう》結《むす》びを完成させる。

「剣蘭、ありがとう」

薔の言動に気づいていないのか、龍神は構わず石段を上がっていった。

薔の望みは叶《かな》い、常盤と共に取り残される。

「昨夜、何かされなかったか?」

「昨夜は……」

自ら作った絶好の機会を無駄にしないよう、薔はすぐさま答えようとした。

ただし常盤と目を合わせたりはしなかった。念のため、視線は揺るぎなく龍神の背中に向けておく。

「大したことじゃない。大人の玩具《おもちゃ》ってやつで、少し変なことされただけだ」

紐を解く前から、言うべきことは決めていた。

普段の自分らしく、「大丈夫、平気だ、心配ない、なんでもない」などで済ませるのは簡単だけれど、それでは強がっていると誤解されかねない。三時間の遅れによって常盤が悪い想像をしているなら、事実を具体的に伝えるべきだと思った。

「今、大人の玩具と、言ったのか?」

「ああ、言った。外の世界には、そう呼ばれる性的な道具が色々あるみたいだ。驚いたし不愉快だったけど、前だけ……だし、実害はない」

薔は龍神の背中から視線を外さなかったが、あまり距離を空けると不自然なので石段を上り始めた。打ち寄せる波の音もあり、こちらの会話は絶対に聞こえないはずだ。

今の龍神が人間並みの聴力しか持っていないと考えれば、それは間違いない。

「剣蘭……お前の説得のおかげで、龍神様は俺に無茶なことはしないから大丈夫。わりといい関係でいられる」

龍神の背中を足でも目でも追いながら、薔はあとをついて来る常盤に言った。

「今の俺には龍神様が頼りだし、お前には凄《すご》く感謝してる」

「大丈夫。昨夜のはお遊びの範疇《はんちゅう》だ」

「薔……」

最後まで、視線一つまで、決して気を抜かなかった。神力を使って聞き耳を立てられてもいいように、あくまでも剣蘭を相手にしている振りをする。

常盤が何を思い、今どんな顔をしているか、知りたいけれど振り向かなかった。

剣蘭の仮面が外れて常盤の顔が覗《のぞ》いていたら、そのまま釘《くぎ》づけになってしまいそうで、見るのが怖い。

――気をつけなきゃいけないのは、言葉だけじゃない。俺は普段、剣蘭をじっと見つめたりしないから、その通りに、普段通りに。

常盤に心配をかけないように、強がりと取られかねない曖昧《あいまい》な言葉ではなく、具体的なことを言えた。実害はないと、はっきり伝えることができたのだ。

今はそれだけでいい。常盤が龍神に対して腹を立てたとしても、何も知らずに気を揉《も》むよりはましなはずだ。

怒りは一直線に燃え上がるもの、不安は全方向に果てしなく染み渡るもの。怒りなら、常盤は必ず抑えられる。

――実害……ないわけないけど、それは俺の主観に過ぎない。キス一つだって駄目だと思えば駄目だし、昨夜のことを客観的に見れば、大したことじゃない。

性器を弄ばれて犯されたような気分になったのは、大袈裟《おおげさ》な主観だとわかっていた。

石段の先には茜がいて、椿もいる。贔屓生《ひいきせい》として竜虎隊員に抱かれてきた二人のことを考えたら、あの程度のことでとやかく言えるわけがない。

常盤から、「人は死ぬまで永遠に、自分だけの痛みや苦しみと闘っていかなければならない」と言われたことがあった。

それは正しいと思っている。

けれども、他人の痛みに鈍感でいいわけではない。無神経ではありたくない。

自分にとってはつらかった——それは紛れもない事実として、心の奥にひっそり留《とど》めておけばいい。龍神の支配から逃れ、常盤が常盤に戻れた時に、「ああいうことが、あの時の俺には凄く嫌だった」と、聞いてもらえたら十分だ。

「薔、後れを取っているぞ。荷物が重いなら橘嵩に持たせるがよい」

「荷物は平気です。靴紐が解けちゃって」

「結び直したのか？」

「はい。剣蘭が解けない結び方を知ってたんで、やってもらい……」

そこまで言ったところで、薔は龍神のトレッキングブーツに目を留める。

紐は弛《たゆ》みなく結ばれており、常盤が結んでくれたのと同じ形だった。

「それ、自分で結んだんですか？」

「いや、これは椿に……姫に結ばせたのだ。常盤の記憶がある故、結び方は知っている。だがその通りに手が動くかどうかは別の話だ。洋装の扱いは難しい」

「いつの間に椿さんに？　そんな隙ありましたか？」

「おお、それは嫉妬《しっと》で訊いているのか？」

そんなんじゃありませんと否定しかけたが、それは事実とは違うので言わなかった。

龍神が薔の嫉妬を期待する時の多くは見当外れだが、今のは当たっている。

「椿さんをこき使わないでください。今はもう、楓雅さんの秘書なんですから」

「それは間違いではないが、正しくもないぞ。楓雅の秘書という立場は椿の肩書の一つでしかないのだ。あれは何よりもまず私の神子であり、それ以上の何者でもない」

龍神は椿が神子であることを当たり前のように口にする。

椿が長年隠していた秘密は、最早《もはや》隠す意味がないものになってしまった。

この場にいる人間はもちろんだが、教団の神子も教団員も、もう誰も陰神子を責められない。

神子の処遇を決めるのは龍神と一体化した教祖常盤であって、彼が「椿は陰神子だが、これまで通り自由にさせておく」と言えば、その決定に誰も逆らえないだろう。

「薔、妬《や》くまでもないぞ。お前も姫と同じだ。常盤や楓雅や榊《さかき》の弟である前にまず、私が選んだ神子なのだから。それも、今最も可愛《かわい》がっている神子だ」

石段を上りながら話しても息一つ乱さない龍神の背後で、薔は「はいはい」と生返事を返したいのをこらえて「ありがとうございます」とだけ言った。「今」とか「最も」など、余計なものをつけて愛を語る龍神に辟易《へきえき》する。

二段あとをついて来る常盤の気配を、体の背面全部で感じていた。

龍神が使っている常盤の声はよく通るので、後ろまで届いているだろう。

今どんな顔をしているのか気になって振り向きたくなるのを、ひたすら我慢した。

俺にとっては常盤の恋人だってことが最高の肩書で、貴方《あなた》の神子かどうかなんて本当はどうでもいい――と言いたいけれど言えない想《おも》いを、あえて膨れっ面に変える。

こちらを振り返った龍神を睨《にら》み上げ、わざと不機嫌な態度を取った。

「姫のことになると、お前はすぐそうやってむくれる。可愛くてつい、ちょっかいを出したくなってしまう」

「ちょっかいって、俺に対してですか?」

「いや、姫にだ」と答えるなりふふふと笑う龍神に、薔は「はぁ?」と抗議した。

龍神の言動には苛立《いらだ》つが、これでいい、とりあえず今のところは成功している。

この調子で龍神の気を逸《そ》らし、滞在期間中も帰りの船旅も上手《うま》くやり過ごせばいい。

気まぐれな龍神にいつまで付き合わされるのか、それを考えると気が遠くなって眩暈《めまい》がするが、今やるべきことはわかっていた。

「あ、先頭が頂上に」

リュックの重みと太腿《ふともも》の疲労を感じ始めた頃、先頭が階段を上りきる。

海蝕崖に沿って続く石段から、業平の大きな影が消えた。

すぐに笹帆が続き、彼らよりは小さいリュックを背負った茜の姿も見えなくなる。

その先に広がる大地を想像すると、こんな状況でも胸が高鳴った。現時点では上陸した感覚が薄いが、この階段を上りきれば実感が湧《わ》くのかもしれない。

「薔、ようやく着くぞ。ここが蒲牢島だ」

龍神も同じ感覚だったのか、最上段まであと五段というところで手を差し伸べてきた。

常盤の手にほかならない手を、薔は「ありがとうございます」と握り締める。

ここからが本番だと、気を引き締めながら先へ進んだ。

踏み込むとすぐに、左手に視界が開ける。

東の空から突くように日が射《さ》して、思わず手で庇《ひさし》を作った。

うわっと声を上げかけて、そうする前に息を呑んだのは自分だけではないはずだ。

待っていた六人も同じ方向を見て、彫像のように立ち尽くしていた。

「これは……」

海風とは違う空気が、土と緑の匂《にお》いを運んでくる。

目に飛び込んできたのは、きつい登山のあとの褒美のような絶景だった。

山の頂上と言っても過言ではない高台から、傾斜する草原が延々と続く。島の中央には、この島をそのまま小さくしたような小山があった。やはり中央が抉れて盆地の形になっている。

火山の噴火により形成された中央の山の窪《くぼ》みは、ほぼ正円の湖だった。晴れ渡る秋空を映す湖は、仰向けに倒した円鏡のようにも見える。それをぐるりと囲む山の森林は、濃い緑色と紅葉に埋め尽くされていた。人のいない大地で強《したた》かに生きる生命の息吹が、今にも聞こえてきそうだ。

——海からは小さな島に見えたのに、上陸するとこんなに大きいんだ……山の中にもう一つ山があるような地形、真ん中に湖。これが教団の聖地、蒲牢島。

すぐそこにあるものには目を留めず、薔は島全体を見渡す。視線は美しいものにばかり引き寄せられ、鏡と化した湖と、無限に広がる青い空に圧倒された。

足元に注意を向ける余裕などない。

はっと気づいた時には同行者と違うところを見ていて、慌てて彼らに倣った。

すぐ近くにあったのは、廃墟《はいきょ》と化した人里だ。

あえて想像していなくても、教科書で見た昔ながらの家屋のイメージを、いつの間にか持っていた気がする。そういった物の名残は一応あるが、見る影もないほど崩れていた。

生き生きとしているのは大きな百合《ゆり》の花ばかりで、あとはほとんど生気がない。

「ここは島の最北端で、喜多美村《きたみむら》、或《ある》いは喜多美《きたみ》の浦《うら》と呼ばれていた場所です」

誰にともなく楓雅が説明を始める。

聞かせたい相手は島のことをよく知らない人間——つまり教祖常盤の姿をした龍神と、椿を除いた六人だ。それでいて楓雅の視線は龍神に向かっていた。言葉遣いも顔つきも、南条《なんじょう》家の当主として教祖に話しかけている体《てい》だった。

「唯一の港があるので商家や民家が多く集まり、実質的には島の中心地だったそうです。十数年前に撮られた写真を見ましたが、その時より更地に近づいています。火山の噴火で焼けたうえに、台風が来るたびに残骸《ざんがい》が海に散り、夏には雑草が伸びきって家屋の跡地を埋め尽くすと聞いています」

楓雅の言葉通り、人里には立体的な建造物がほとんど残っていなかった。

枯れかけの草に埋もれた家の土台は見えるものの、そこにあるのは、燃えることも風で飛ばされることもない物ばかりだ。

崩れた竈《かまど》や転がった臼《うす》、大きな水瓶《みずがめ》や井戸が見て取れた。どれも焦げつき、枯れ草や蔦と一体化して侘《わ》びしい状態だったが、竈に関しては数えきれないほど多く残っている。

傾斜の少ない中央に一本、幅の広い通りがあったのが窺《うかが》えた。

今は草で塞《ふさ》がっているが、元々は何もなかったと思われる。この通りを挟んで、左右に家が密集していたのがはっきりとわかった。

楓雅の説明通り、この辺りが栄えていたのは明らかだ。

――そうだよな、考えてみれば当たり前だ。ここは海岸だけど十分な高さがあるし、高波や津波の心配もない。漁にも出やすいから、ここが市場とかになって、それで……。

現在は無人島にもかかわらず、活気のある市場の光景が目に見えるようだった。

一つの国のようなこの島で、島民はどんな暮らしをしていたのだろう。

石段を下りて港から船を出し、魚を網にかけたり釣ったりする者がいれば、山に入って獣を仕留める者もいただろう。田畑を耕す者も、家畜を育てる者もいたはずだ。

龍神から聞いた話からすると、都からこの島に移転してくる者もいた。

前世の常盤と自分は、この島で生まれたわけではなく移り住んだと聞いている。

――懐かしい気持ちとか、そういうのは全然ない。初めての土地としか思えないけど、でも、なんとなく淋《さみ》しいような、切ない感じはする。

今この島で暮らす人間は一人もいない。

風が草を揺らす音が微《かす》かに聞こえ、どこからか鳥の鳴き声がした。

鳥類に詳しくない蕾には、学園で聞く鳥の声との違いがわからない。

ピチュピチュ、或いはピィピィと、小鳥と思われる声がする。

――目に見えるのは、鷹《たか》みたいだけど。

淡いブルーの空を悠然と飛ぶ大鳥は、おそらく黙って飛んでいる。

鋭い目で地上を捉《とら》え、獲物を探しているのだろう。

小さな鳥は肉眼では見えない所で囀《さえず》り、仲間とのコミュニケーションを取っていた。

——前世の常盤と、俺が暮らした場所。病弱だった俺は、この島で死んだのか？　俺のお墓とか、ここにあったりするのか？

常盤と自分が住んでいた家は喜多美村にあったのか、それとも他の場所にあったのか、何一つ思いだせない。ここまで来た以上、何もかも知りたい欲求が湧いてきたが、龍神に面と向かって訊く覚悟はできていなかった。

訊いても答えてもらえず、はぐらかされる時もあれば、核心的なことを然《さ》もないことのようにあっさりと話す時もあるので、気軽に訊けなくなっている。

「楓雅、ここまで来たのだから、封隠窟《ふういんくつ》の場所を教えてもよいのではないか？　目的地がわからないと歩きづらい。はぐれた時にも困るであろう？」

常盤の喋《しゃべ》り方を真似《まね》する気がなくなったらしい龍神は、腕組みしながら口角を上げた。

薔は茜に目を向ける。

予想通り、茜は怪訝《けげん》な顔で龍神を見ていた。

いくら教祖になったからといって、常盤にしては態度や口調がおかしいと、事情を知らない四人全員が思っているだろう。

「龍神様……いえ、教祖様」

「龍神様でよいぞ、楓雅。共に出歩く者達を欺くのは疲れる。今の常盤が私であることはここだけの話にすればよいのだ。本物の常盤の魂は消えてしまったが、心配せずともこれからは私が教祖常盤として生きる。余計なことを洩《も》らせば命はないと思え。よいな、茜、業平、橘嵩、笹帆」

えっと驚いた顔をする四人は、わけがわからない様子で狼狽《うろた》える。

常盤の魂が消えたという話に衝撃を受けているはずだが、そこまで理解が及んでいないようにも見えた。俄《にわか》には信じられず、詳しい説明を求める顔をして、呼ばれなかった面々に視線を向ける。

薔は茜と目を見合わせ、発するべき言葉を探した。

龍神の気まぐれに腹が立って仕方がなかった。昨夕、船に乗る前か、乗ったあとすぐに乗っ取りの件を公表してくれていたら、茜に説明することができたのに。昨夕の段階では龍神が常盤の振りをしていたため、独断で真実を打ち明けるわけにはいかなかった。

「茜、ごめん。本当のこと言えなくて」

目を剝《む》く茜に、薔は謝ることしかできない。

本当はもっと言いたいことがある。「常盤は剣蘭の体に憑依《ひょうい》していて、すぐそこにいる。剣蘭の体を借りてる状態だから、剣蘭も大丈夫だ」などと言えるわけはないが、せめて「常盤の魂は消えてないって信じてる」とだけでも言いたかった。

しかし龍神との約束がある。

榊と楓雅の病を治してもらう代わりに出された条件は二つだ。

一つ目は、始祖竜花《たつはな》が作った龍神を縛る契状を見つけだし、破棄すること。二つ目は、常盤の魂を諦《あきら》めること。その条件を呑み、約束したのだ。

もちろん諦める気などさらさらなく、現に常盤の魂は剣蘭の中で生きていたわけだが、表面的には諦める努力をしているように見せなければならない。

「薔……っ、常盤様、は?」

「わからない」

ごめんな、心配ばかりかけてごめん。常盤の魂は無事だってことを、言えなくて本当にごめん——目や表情でそう訴えても、青褪《あおざ》める茜の顔色を変えることはできない。

茜は薔が常盤を慕っていることを知っていて、だからこそ薔の教団本部行きをどうにか受け入れられたのだ。

茜が安心できるよう、力強く説得した剣蘭の中身は常盤だったが、いずれにしても茜は薔の幸福を願い、信じた。だからこそ笑顔でここまで来たのは間違いない。

「大丈夫、俺は平気だから」

具体的なことは何も言えなくて、かといって黙ってもいられずに、薔は茜に向かって「本当に大丈夫だから」と繰り返した。

「そんな話はどうでもよい。私が私だと言ったら、元の所有者が誰であれこれはもう私の所有物なのだ。私が消えたと言えば誰であろうと消えているのだ。楓雅、封隠窟はどこにある？　終着地がわからぬまま延々と歩かされるなど私は御免だ」

「龍神様、それはまだ言えません。信用の問題というだけではなく、詳しくは近くまで行ってみないとわからないんです。今この段階で言えるのは、『鱗海村《りんかいむら》の崖に向かう』ということだけです」

楓雅は大きな地図を広げ、「集まってください」と言いながらコンパスを添える。

龍神を含む全員が地図を覗き込んだ。『蒲牢島』と、活字で印刷された地図だ。

島の名前からして龍の第三子と関係があり、龍の形をしているのだろうと想像がついていたが、龍の全身ではなく、顔の部分に少し似ているというだけだった。

それも右向きの横顔で、似ていると言えばそう見えなくもないという程度だ。歪《ゆが》んだ菱《ひし》形《がた》と言っても間違いではない。

楓雅が示す現在地は北だった。龍の横顔で言うなら頭頂部に当たる。

やはり活字で、『喜多美の浦』と書いてあった。

波紋や指紋に似た等高線が地図全体を隈《くま》なく漂い、ところにより渦巻いている。

現在地には独立建物を示す地図記号が、びっしりと書き込まれていた。

薔はすぐさま地図の東側を見て、『鱗海』の文字を探す。

経典の中に『東の果ての鱗海の里』という文言が登場するため、方角と文字は想像がついた。地図の右側、龍の横顔の口の先が東の果てだ。

「見ての通り、島の中央は火山の噴火によってできた小山と湖です。そこには近寄らず、急峻地《きゅうしゅんち》を避けて進む予定です。なるべく楽な方法で鱗海村に行くには、まず下山する形で小山の麓《ふもと》まで行き、そこから尾根筋を進んで東の崖まで登るのがベストです」

「それはわかっている。常盤も聖地は東にあると狙《ねら》いをつけて、大抵はこの尾根を通って鱗海村に行っていた。もちろん崖の近くにも」

常盤の姿の龍神が常盤の行動を客観的に語ると、茜と竜虎隊員三人が顔を顰《しか》める。

中身が常盤ではないことを痛感しているのだろう。心に走った衝撃を示すかのように、眉間《みけん》をきつく寄せていた。

「龍神様、もう一つ言わせていただくと、封隠窟に辿《たど》り着《つ》くには音が重要なんです」

「――音？」

「はい、音です。実際に鱗海村の海岸広場まで行って耳を澄ませてみないと、村のどこに封隠窟の入り口があるのかわかりません」

楓雅の発言に大きく反応したのは、龍神と常盤だった。

剣蘭の姿の常盤は、リュックのウエストベルトに手をかけて握り締める。

常盤は封隠窟の情報を得られないまま蒲牢島に乗り込み、これまで七回探索している。

実際にこうして来てみると、それがどれだけ大変なことだったのか少しは想像できた。

七回の探索でも目的を果たせなかった常盤にとって、楓雅が口にする情報は喉《のど》から手が出るほど欲しかったものに違いない。

「説明した通り、まずはここから島の中央付近まで下りて、尾根を進んで東の山を登って鱗海村に行きます。この旅の目的を、今ここにいる全員で共有してください。それぞれ複雑な想いがあるのは承知していますが、一旦こらえてついて来てください」

楓雅はそう切りだすと、竜虎隊員の三人と茜を見た。

順番に一人一人の顔を、やや長めに見つめる。

「今の教祖様には龍神様が降りていて、お言葉のすべてが神意によるものです。この旅の目的は、始祖竜花様が作った契状を見つけだし、それを破棄することにあります」

真摯《しんし》な態度で四人に向けて言った楓雅は、堂々としていながらも顔を強張《こわば》らせていた。

当初の予定では常盤の体が乗っ取られた事実を隠すことになっていたので、この段階で目的を公表する必要はなかった。

業平も橘嵩も笹帆も西王子《さいおうじ》一族の人間で、教祖常盤が行く場所に黙ってついて来る。

もちろん贔屓生の茜も、立場上とやかく言わずに従うのは明らかだ。

楓雅はスタート地点と言えるこの場で地図を開き、東の果ての鱗海村に向かうことのみ告げれば十分だったのだ。

「楓雅様、あの……それはつまり、龍神様と八十一鱗《くくり》教団の契約を、終わらせるという、そういうことなのでしょうか?」

竜虎隊員の三人は顔を見合わせ、年長者の業平が口を開いた。

懐疑心をそのまま形にしたような汗が、日焼けした業平の頬《ほお》を伝う。

乾いた廃墟を照らす朝日は眩《まぶ》しく、秋風は清々《すがすが》しい。九人の輪に渦巻く空気だけが、温度差を持ちながら滞留する。

「楓雅様、お答えください!」

感情的に声を荒らげたのは笹帆で、すぐに橘嵩が「常盤様は⁉」と続いた。

「常盤様はどうされたのですか⁉　あの方の魂が消えたなど、到底信じられません!」

橘嵩は楓雅だけではなく龍神に向かって叫び、動揺を隠さない。

龍神が常盤と一体化したのではなく常盤の体を乗っ取っていたことも、契状を破棄して自由を得ようとしていることも今の今まで知らなかった四人が、動揺するのは無理からぬことだった。童子の茜はともかく、成人信者である三人は特に衝撃が大きく見える。

数日前にこの事実と向き合い、覚悟を決めてここにいる薔や楓雅、椿、そして当事者の常盤のように黙っていられないのは当たり前だ。

「業平さん、橘嵩さん、笹帆さん、それと茜も」

楓雅は丁寧にそれぞれの名を口にして、ざわつく彼らを落ち着かせようとした。

「いきなりのことで納得いかないのはわかってる。常盤さんの……常盤様の魂が消滅した件も、教団が龍神様の御加護を失うかもしれないことも、受け入れ難《がた》くて当然だ。ただ、理解してほしい。これは……」

「龍神様の御加護を失うことで、南条家にどんなメリットがあるんですか⁉」

楓雅の言葉を遮ったのは、目に涙を溜《た》めた橘嵩だった。

常盤の信奉者だが控えめな優男である彼が、楓雅の胸倉を摑まんばかりの勢いで迫る。

大荷物を背負っているせいで迫力があり、真っ赤に染まった顔は鬼の形相だった。

「俺は目の病気を……兄は不治の病を抱えています。龍神様は契状の破棄と引き換えに、俺達の病をできる限り治すと、約束してくださいました」

地図を手にしていた楓雅は、それを二つに畳んで頭を下げる。

薔からしてみれば楓雅に非はないが、彼は「これまで黙っていて申し訳ありません」と謝った。

「なんて、なんて身勝手な！　自分達だけ助かればいいんですか⁉　それで龍神様と縁が切れてしまったら、常盤様は⁉　他の信者は⁉　教団はどうなるんですか⁉」

「橘嵩さん！」

楓雅が私欲のために動いていると誤解されている状況に耐えきれず、薔は楓雅と橘嵩の間に割って入る。

「橘嵩さん、業平さんも笹帆さんも、茜も……これまで詳しいことを話せなくて、本当にすみません。言い訳に聞こえるかもしれませんが、隠したくて隠してたわけじゃなくて、龍神様が、常盤の振りをしたりして、完全に乗っ取ったことを隠したがっていたんです。楓雅さんも椿さんも俺も、剣蘭も、龍神様の意向に従うしかなかったんです」

「薔様……っ、貴方はそれで平気なんですか⁉　常盤様の魂が消えたなんて、そんなこと受け入れられるんですか⁉」

「平気じゃないけど、現実を受け入れるしかないんです！」

「薔様……っ」

「それに、榊さんや楓雅さんの病気を治してほしいって……龍神様に頼んだのは俺です。俺は一応南条家の三男だし、俺が言いだしたならいいって話でもないかもしれませんけど、楓雅さん達が決めたわけじゃないってことは言わせてください。契状を破棄する件も俺が言いだしたことなんです。元々は、常盤が願っていたことでもあります」

愕然《がくぜん》とする竜虎隊員三人に向かって、薔は事実をありのままに告げた。

楓雅が責められるのを避けたい気持ちは当然あったが、それ以上に避けたいのはもっと最悪の事態だ。

「色々と、不満とか不安とか、あるのはわかります。けど、これだけは絶対に忘れないでください。龍神様が常盤の姿をしていることで親しみを感じるかもしれませんが、それは誤りです。龍神様に逆らえば命はないんです。今ここで橘嵩さん達が納得できずに騒いで反発して、もし龍神様に心臓を止められてしまったら、常盤はきっと、あの世かどこかで凄く悲しむと思います」

神が今ここにいるというのがどういうことか、神に逆らえばどうなってしまうのか——衝撃と怒りのあまり想像できなくなっている彼らに、一刻も早く理解させたかった。

目の前にいるのは常盤であって常盤ではない、恐ろしい神なのだとわからせたい。八十一鱗《くくり》教団の信者ならわかるはずだ。この神がどれほど多くの人命を奪ってきたか、それを知らないわけがない。

空気が張り詰める中で、龍神がくすくすと笑いだす。

目を細めていたかと思うと、空よりも海よりも澄んだ紫色の目を見開いた。

「薔の言う通りだ。契状を探すために必要な楓雅と、可愛い神子達さえ残っていれば誰が死んでも困りはしない。常盤に重用されていたからといって、自分の立場を勘違いしてはならぬぞ。お前達は私にとって、荷物持ち以外の何ものでもないのだから」

龍神の上機嫌は昨夜から続いていて、彼は今も笑っている。

それでいて、全身の毛がぞわりと逆立つような殺気を放っていた。

言葉通り本当に、竜虎隊員三人をなんとも思っていないのがわかる。対象外の身ですら感じるのだから、直接向けられた彼らの恐怖は如何《いか》ほどのものだろうか。とても理不尽で気の毒に思うけれど、誰かが見せしめになる前に気づいてほしかった。

常盤の微笑の裏側に、人の命を平気で奪う神がいる。むやみやたらに鉄槌《てっつい》を下す暴虐な神ではないけれど、威《おど》しではなく本当に、殺す時は殺す神だ。

「皆さん、この旅の目的は、龍神様と八十一《くくり》鱗教団を結ぶ契約を破棄すること。目的地は封隠窟です。これは、決定事項だと思ってください」

楓雅の言葉に、誰も何も言わなかった。

怒りで赤くなっていた橘嵩の顔からは、徐々に血の気が失《う》せていく。

業平も笹帆も、握った拳《こぶし》をわなわなと震わせて俯《うつむ》いていた。

常盤と龍神が一体化したなら夢見るような顔で喜び、常盤の意識が存在しないとなれば絶望する。そんな彼らの気持ちは、薔にも理解できる。

常盤の消滅を信じない自分は絶望せずに済んだが、神の言葉をそのまま受け入れたら、耐え難い世界へと心が落ちてしまうだろう。

――橘嵩さん、業平さん、笹帆さん……常盤の魂は、すぐそこにあるから。剣蘭の中でちゃんと生きてるから大丈夫。今はショックでも、常盤ならきっと蘇《よみがえ》るはずだって信じてほしい。気持ちを切り替えて、契状を見つけるために動いてほしい。

橘嵩が嗚咽《おえつ》を上げて泣き崩れ、業平が彼を宥《なだ》める。

笹帆はタオルで目元を強く押さえ、声を殺していた。

地下鉄の駅で龍神の虚言を信じ、一番に喜んだ橘嵩は、その時のことを思いだしている様子だった。嗚咽の中には、「あの時に、あの時すでに」と悔やむ言葉が含まれている。

「橘嵩、笹帆も、もう泣くな。常盤様に失礼だぞ」

優男の二人の背中を、大男の業平が少しばかり乱暴にバシンと叩《たた》く。

「あの方はそう簡単に消滅などしない。きっと、必ず、御無事でいらっしゃる」

業平の言葉に頷《うなず》きたくなる薔は、こらえて胸の内で同意する。

一方でひやひやさせられたが、龍神は業平に制裁を加えなかった。

神子である薔が常盤の魂を求めるのは不愉快だが、思い入れの深くない人間がどう考えようとさほど興味はないのだろう。心底どうでもいいという顔をしている。

「まずはこの村を突っきって下山します。基本は二人一組で、業平さん達は三人で、この順番でお願いします。緊急用の笛と発煙筒を、各自もう一度確認してください」

楓雅は全員に、登山計画書と地図のコピーを配った。

先頭から、竜虎隊員の三人、剣蘭と茜、龍神と薔、楓雅と椿という順で、まずは廃墟を進むことになる。

業平のおかげでとりあえず立ち直ったのか、橘嵩も笹帆も、リュックのショルダーストラップを力強く握っていた。

6

喜多美村《きたみむら》、或《あ》るいは喜多美《きたみ》の浦《うら》と呼ばれる北の廃墟《はいきょ》を出て四時間半。一行はようやく島の中心部にある小山の麓《ふもと》に辿《たど》り着《つ》いた。

スタートが三時間遅れたこととは関係なく、登山計画書に書かれた予定を二時間近くもオーバーしている。本来なら今頃は盆地を抜けて、登山道まで来ているはずだった。説明書を読まなければ使いこなせない多機能の腕時計を見てから、薔《しょう》は昼下がりの空を仰ぐ。

一日のうちで最も気温が高い時間が迫り、空は快晴。雲量は少なく、薄めていない青絵の具を塗りたくったような素晴らしい空色だ。

濃霧が発生することもあると聞いていたが、前髪を揺らす風は心地《ここち》好く乾いている。この上なく透明で、深呼吸するたびに肺が喜んでいる気さえした。

それでいて、トレッキングブーツが踏む土は時に湿り気を帯びている。枯れ葉を踏んで滑らないよう、常に注意が必要だった。足首を捻《ひね》りかけたことも何度かある。

怪我《けが》をして皆の足手まといになりたくない思いは、たぶん誰もが持っていた。特に薔は人一倍だ。

――日帰りは絶対無理らしいけど、契状の破棄は今日中になんとか終わらせたい。封隠《ふういん》窟《くつ》に行って契状を見つけて、それを破って、榊《さかき》さんと楓《ふう》雅《が》さんの病気をできる限り治してもらう。あとはただ……龍《りゅう》神《じん》様に里心がつくのを待つだけだ。そこからが本当の試練で、長いかもしれないし、だから早く……早くそこまで進みたい。

暗くなるまでに目的地に着けるかどうか心配する薔の耳に、龍神の溜《た》め息《いき》が届く。

まさか、また休憩か――と恐る恐る横顔を見ると、龍神が退屈そうな顔で鳩尾《みぞおち》の辺りを撫《な》でていた。

嫌な予感がしてくる。

登山初心者ばかりということもあり、楓雅は相当余裕を持った計画を立てたらしい。初心者でも無理なく進めるはずだったが、問題は龍神だった。

常盤《ときわ》の体を使っている以上、彼は十分な体力を持っている。体格からして楓雅や業平《なりひら》と一、二を争うくらいだが、龍神は頻繁に「休むぞ」と言って全員の足を止めていた。

「楓雅、そろそろ昼餉《ひるげ》にしてくれ」

少し後ろにいる楓雅に向かって、龍神が声を張る。

「あ、はい。お腹《なか》が空《す》きましたよね。気づかなくてすみません」

龍神が繰りだす数々の我《わ》が儘《まま》と不平不満に、楓雅は一度たりとも嫌な顔をしなかった。テントを張って宿泊する予定なので遅れても問題ないと思っているのだろうが、何より

「もう帰る」と言わせないためだろう。

楓雅は他のメンバーにも気を配り、細身の薔や茜《あかね》を心配して声をかけたり、竜虎《りゅうこ》隊員を労《いたわ》って重い荷物と軽い荷物を交換したりしていた。

もちろん龍神を最優先して、休憩中には足を揉《も》んだり靴を履き直させたりと、実に甲斐《かい》甲斐《がい》しく世話を焼く。

龍神のためではなく、常盤消滅という事実を突きつけられたばかりの竜虎隊員を慮《おもんぱか》っての行動だと、薔にはわかっていた。薔もまた同じく、複雑な気持ちでいる隊員らが龍神と接しなくて済むよう、率先して間に入っていたからだ。

「もうすぐ二時ですし、食事にしましょう。業平さん、あの辺りはどうですか？」

楓雅は小山の麓の平地を指差した。

キャンプ慣れしている業平が、「いい場所ですね。火山岩も少ないようですし、柔らかい場所を選べばすぐに設営できそうです」と答える。

木々が途切れて岩も少なく、剝《む》きだしの土と草ばかりの平らな原っぱで、昼食用の簡易サイトを設置することになった。

今は食事をするだけなのでテントは張らない。

竜虎隊員の三人が手際よくポールを繫《つな》げ、三本の長いポールを使って日よけ用タープを張った。

それで終わりかと思った薔の予想とは違い、彼らはさらにもう一つ、数メートル離れた位置にタープを張る。全方向が開いていて風通しのよいタープを二つ設置してから、それぞれの真下に組み立て式のテーブルを置いた。

そこまでは同じだったが、一つ目のタープの下には三人分の椅子《いす》を、二つ目のタープの下には六人分の椅子を置く。

「龍神様、どうぞこちらにお座りください」と龍神に一つ目のタープの椅子を勧めると、タープの外の風下に大きなグリルとバーナーを設置した。

彼らは他の誰にも手を出させない勢いで、バーベキューの準備を始める。

流れるような連携プレーで炭をグリルに入れ、着火剤で火を熾《おこ》した。

食材は密封式の容器や透明の袋にぎっしりと詰まっていて、事前にカット済み、味つけ済みのようだ。

「え、あの……なんで三対六なんですか？」

荷物をどこに下ろせばよいか迷う薔に、楓雅が「薔はあっちだよ、三人の方。龍神様と椿《つばき》さんと一緒」と風上のタープを示す。

「教祖様と神子《みこ》様は別格だから、原則として別のテーブルに着くのがマナーなんだ」

「それはわからなくもないけど、こんなとこでまで分けなくてもよかったんじゃないか？　荷物が多くなるし、食事も簡単に済ませてもよかったのに。乾パンと氷砂糖とか」

「いやいや、それ虚《むな》しいし。しかも教祖様の中身が龍神様なのに、そんな雑なことできるわけないだろ？　因《ちな》みにうちの大学では学内アウトドアキャンプ実習があるんで、俺も一通りのことはできるから安心して。椿さん、あとはよろしくお願いします」

楓雅はそう言って椿の背中に手を向け、薔の方に送りだす仕草を見せる。

実際には触れていなかったが、椿は薔の前に進みでた。

「神子とは言っても私は南条《なんじょう》家当主の秘書に過ぎませんから。最高位神子の薔様はどうぞ座っていてください。必要な物は私が運びます」

「あー、椿さん、違う違う。そうじゃなくて、俺が運びます。椿さんは薔と一緒に座っていてください。お願いしたいのは龍神様の接待だけです」

噛《か》み合っていない椿と楓雅のやり取りを余所《よそ》に、龍神は「私が肉を焼くぞ！」と唐突に歩きだす。

えっと驚いた薔が止める間もなくグリルに向かい、橘嵩《きったか》が手にしていたトングを奪って「私が焼いてみせよう」と意気込んでいた。

調理を担当する橘嵩も笹帆《ささほ》も、常盤の体が乗っ取られたことを知って龍神と距離を置きたいところだろうに、当人はお構いなしに割り込んでいく。

「おお、これがチーズフォンデュだな。目にしたことはあるが、こうして匂《にお》いを嗅《か》ぐのは初めてだ」と、バーナーの上の鍋《なべ》を覗《のぞ》いて匂いを嗅ぎ、興味津々のようだった。

あくまでも姿形は常盤だが、都会的な大人の男の雰囲気を醸しだす本物とは大違いで、初めてのバーベキューに大はしゃぎしている。

放っておけない竜虎隊員が心配して、「龍神様、あまり近づくと火傷《やけど》してしまいます」「お袖《そで》が汚れるので上着を脱いでください。エプロンの御用意がありますから」と、結局は世話を焼き、龍神は素直に上着を脱いでいた。

荷物の量に関して身分がどうのと言っていたものの、自分が面白いと思うことは買って出て、誰と一緒でも文句はないらしい。

橘嵩に「次は何を焼くのだ？　早く串《くし》に刺せ」と、トングをカチャカチャカチャカチャうるさく鳴らして急《せ》かしている。

子供っぽい龍神の姿を、体の持ち主はどう思っているのだろう。呆《あき》れてげんなりしたり恥ずかしく思ったり、腹を立てたりしているのだろうか——と、剣蘭《けんらん》の姿の常盤を捜した薔は、はっと我に返った。

少し離れた場所で虫除《むしよ》けの設置を手伝っていた常盤が、茜の肘《ひじ》を摑《つか》むなり足早にやって来る。視線は龍神に投げつつも、爪先《つまさき》は真《ま》っ直《す》ぐこちらに向かっていた。

「剣蘭？」

「薔、今のうちに茜と話せ」

剣蘭の声でそう言った常盤は、茜と薔の距離を詰めさせる。

そうしてすぐに、手にしていた虫除けを別の場所に設置しに行った。

缶入りの渦巻き線香と、電動蚊除《かよ》けの両方を設置するよう頼まれたらしい。

——常盤……。

薔が思っている以上に常盤は冷静で、自分の本来の体が醜態を晒《さら》そうと、いちいち気にしてなどいないのだ。状況を正確に把握して隙《すき》を窺《うかが》っているだけで、はしゃぐ龍神を見て感情的になどならない。むしろ、やっと訪れた好機だと捉《とら》えている。

実際のところこれまでの道中、茜に常盤の魂の件を話すチャンスは一度もなかった。

「薔っ、龍神様が常盤様の体を乗っ取ったって話、俺……昨日の段階では気づかなくて、そのうえ凄《すご》い浮かれたし、力になれなくてごめんな」

「茜、そんなの、謝らないでくれ」

こうして面と向かって話すまでもなく、茜は常盤の魂が生きていると信じてくれている気がした。そして、薔が信じていることもわかっているはずだ。

何も言わなくてもわかり合える信頼があるけれど、言葉にすることでお互いをより強く支えられるのも確かだと思った。

「俺の方こそ、話せないことが色々あって、ごめん。半ば諦《あきら》めてる振りをするしかないんだけど……俺は、常盤の魂はなんらかの形で絶対に生きてるって、信じてるから」

「うん、俺もそう信じてる。大丈夫だよな、常盤様なら絶対っ」

「ああ、そう簡単に消えたりしない」

「うんうん、龍神様の意識の底で、こっそり薔のこと見守ってたりするんじゃないかな？　龍神様って少しふわふわしたとこあるみたいだし、隙を見て奪い返すつもりなのかも」

「……ああ、そう信じてる」

常盤は元の体の中ではなく、剣蘭の中にいる——そう言えないのがつらく、茜になら言っても問題ないのにとも思う。

ここまで来る間に、隙があったら茜に全部話そうかとも考えた。

けれども常盤は竜虎隊員の三人に、剣蘭の体に憑依《ひょうい》していることを打ち明けていない。楓雅や椿にも話していないと思われる。

出発が遅れたこともあり、説明する時間は十分過ぎるほどあったはずだ。

常盤でなければ知り得ないことを話し、剣蘭の中身が今は常盤だと証明するのはさほど難しくないだろう。けれどもそうしていない以上、それには意味がある。

秘密を知る者が多ければ多いほど、露呈する確率が高くなる。

裏切り者がゼロであっても、ミスの可能性はゼロにはならない。

剣蘭の姿の彼を「常盤」と呼ばないように、特別な目で見ないように、薔は自分に強く言い聞かせている。同じことを複数人がすればそれだけリスクが高くなり、常盤と剣蘭の命が危ぶまれる。

「龍神様に、嫌なことされてないか？」

「ああ、うん……見ての通りの御方だから。大したことはされてない、全然」

「ほんとに？　ほんとにほんとに？」

「ああ、本当に平気だ。学園にいる間に剣蘭が上手《うま》く説得してくれて、おかげで龍神様は心の交流を求めてる。即物的じゃないものを求めてるんだ」

「心の交流って、薔との？」

「そう、いわゆる恋愛感情とか、そんな感じのやつ。神様でも簡単に手に入らないものが欲しいみたいだ。だから嫌なこととか何もしてこない。よくしてもらってる」

茜と立ち話をしながらも、薔は龍神から目を離さなかった。

トングを手にして串刺《くしざ》しの肉や野菜を焼いている彼に、橘嵩が次々と食材を差しだし、笹帆は鍋のチーズを掻《か》き混《ま》ぜている。

今のところこちらを気にしてはいないものの、気まぐれなので油断はできない。

突然飽きて戻ってきてもいいように、茜と程よい距離を取って身構えていた。

「薔、竜虎隊の人達も常盤様のことを信じてるよ。道中、ずっとブツブツ言ってたし」

「ブツブツ？」

「うん、俺と剣蘭は三人のすぐ後ろだったからさ。歩きながらずっと『常盤様は無事だ』『常盤様は必ず生きてる』とか言ってるのが聞こえてきて……なんかもう、『わかったからちょっと黙って』って言いたいくらい延々と。剣蘭なんか『うるさい』ってぼやいてた。そのわりになんか嬉《うれ》しそうだったのは、剣蘭も同じこと信じてるからだろうな」

蕾の気持ちを和ませようと、茜は面白おかしく聞かせてくる。

剣蘭の中に常盤がいることを知らなくても、その密《ひそ》やかな喜びを読み取っている辺り、さすがだと感心せずにはいられない。

「茜の観察眼は凄いな」

「……ん？　そう？」

「うん、凄い」

茜と笑い合っていると、龍神がトングを手に振り返った。

目を離さなかったのは正解で、「蕾っ、いつまで私を放っておく気だ」と軽く叱《しか》られる。軽くで済んだのは目を向けていたからにほかならず、そっちのけにしていたら不興を買っていたかもしれない。

「またあとで」

「蕾、頑張って」

茜と別れてグリルに向かって駆けていくと、木製の器を渡された。

「最も美味なところをお前にやろう。これをチーズに潜《くぐ》らせるのだ」

もくもくと煙いグリルから、厚切りの牛肉が焼ける匂いが漂ってくる。

鋭い串に刺さった肉の表面は焦げる寸前で、脂身は縮んでカリッとした食感になっていそうだ。長時間焼いたわけではないので、中央には赤みが残っていると思われる。たぶんよい頃合いだ。脂が溶けて炭に落ちた時の匂いが、胃をダイレクトに刺激してくる。

網の上ではジュウジュウと、炭の中では時々キューーッと甲高い音がした。

そのたびに誰かしらの腹が鳴り、笑いが零《こぼ》れる。

科学的に見て、肉が焼ける時の匂いは幸福感を齎《もたら》すと授業で習ったことがあった。

色々と心配が残る状況にもかかわらず、お腹を空かせているのも、肉に反応するのも皆同じだ。

「あの、チーズフォンデュって、パンと野菜だけじゃなく肉も潜らせていいんですか?」

串刺しの肉と木製の器を手にしていた薔に、笹帆が「なんでも大丈夫ですよ。御自由になさってください」と場を譲る。

直前まで彼が管理していたバーナーの上のチーズは、まだ少しも汚れていなかった。

クリーミーなイエローで、最後に混ぜた時のヘラの跡が残っている。

それが緩やかに消えて平らになると、ますます汚しにくくなった。パンならともかく、タレや脂が滴る肉塊を入れるのは躊躇《ためら》われる。

「薔、こうするのだ」

もたもたしていた薔を見かねて、龍神が手首を摑んできた。

共同作業のように二人で串を持ち、溶けたチーズに肉を潜らせる。

綺麗《きれい》なミルキーイエローは焦げ茶色の液体で汚れてしまったが、薔の視線はチーズでコーティングされた肉に集中した。カリッと焼けた脂身も霜降り肉の表面も、全部が全部チーズを纏《まと》って艶々《つやつや》と光る。どこまでも伸びるチーズはなかなか切れず、肉をくるくると回して搦《から》め取った。

「あとは任せたぞ。私は薔とテーブルに着く。椿……姫もこちらに」

やはり飽きっぽい龍神は、肉や野菜をチーズ塗《まみ》れにして満足したようだった。トリュフ入りの岩塩とオリーブオイルがかかったアボカドやポルチーニ茸《だけ》、ミニトマトやブロッコリーが刺さった串を手に、さっさとグリルを離れる。

薔は龍神に背中を押され、風上のタープに向かった。

煙くはなくなったがいい匂いはついて来て、手元のチーズから濃厚な湯気が立ち上る。

焼けた肉の香ばしい香りや、網の端で温められたパンの香りに食欲をそそられた。

「あの、こういう物の食べ方がわからないんですけど、これって串のままガブッとやっていいいんですか?」

串刺しの物を食べた記憶がない薔は、席に着くなり訊《き》いてみる。

右隣に座った龍神は、すぐに答えず肉の塊をじっと見た。

おそらく龍神もこういった食べ方は初めてだろうが、彼には常盤の記憶があるはずだ。

当然知っているだろうと思った薔に、龍神は「常盤は以前、箸《はし》を使っていた」と答えたものの、首を捻って難しい顔をする。

「だが、そのまま食べていたこともあるのだ。フォークを使っていたこともあるぞ。その差はいったいなんであろうか？　今はどうするべきだ？　やはり野性的にかぶりつくのがバーベキューの醍醐味《だいごみ》か？　むしろ私がお前に訊きたいくらいだ」

「や、うーん、どうなんでしょう。本か何かで、串に刺したまま食べてるのを見たことがある気がするんですけど、それが正しいのかわかりません」

余計に混乱する薔に代わって、あとから来た椿が「時と場合によります」と答えた。

「食事のマナーは相手次第ですから」

薔の真正面に座り、「どうぞ」とお手拭《てふ》きや箸袋を渡してくる。

「相手次第、なるほど。常盤は相手によって食べ方を変えていたのか」

「そうだと思います。豪快にかぶりつく人の前で、お箸やフォークを使って食べると暗に行儀が悪いと言っているようで嫌味になりかねませんから。それに、女々しい食べ方だと悪し様に言う人もいます。基本的には目上の方に合わせればよろしいかと」

「つまり私は好きにすればよいのだな。ところでこのエプロンはどうしたらいい？」

「そのままでどうぞ。食べ方も御自由に。どなたが相手であろうと、私はお箸を使わせていただきますが」

椿は流れるような動作で箸を手にし、肉や茸《きのこ》を串から外した。

神が相手でもマイペースを貫く椿に、龍神は「お前のそういうところが、私は愛《いと》しくてたまらないのだ」と笑う。

常盤の顔で、常盤の声で、椿に向かって愛を語られた瞬間、薔はバッと勢いよく右耳を押さえた。

耳の中に羽虫が飛び込んできて、ブブブブと音を立てて脳まで入り込んできた気がしたからだ。そんな音は聞こえなかったが、生理的な嫌悪感は消えなかった。

「常盤はいつも、青一《せいいち》と一緒にこの島に来ていた」

「そうだと思いました。常盤様、あの方には一目置いていて……私も刺青の件でお世話になりましたが、多趣味で面白い方でした」

「何しろ医者だからな、無人島に連れていく相手としては最適だ。口喧嘩《くちげんか》もしていたが、それだけ気安い仲なのだろう」

龍神は薔の異変に気づかず、串に刺さった肉に食らいつく。

如何《いか》にも丈夫そうな白い歯で串から抜き取り、よく味わい、満足げに呑《の》み込んだ。

椿は薔の不快感に気づいたようだったが、一瞬目を合わせただけで知らん顔をする。

一口大の肉を箸の先で摘まみ上げ、口を小さく開けて食べていた。

先ほどまで串に刺さっていた肉や野菜のサイズに、薔は違和感を覚える。

「なんか、椿さんの串に刺さってたやつ小さくないですか？　俺のと全然違う」

「ああ、これは楓雅が……いえ、楓雅様が、私がお箸で食べやすいようにと、一口大に切ってから刺してくれたんです。主《あるじ》にそういうことをされると私としては困るのですが、思いやりがあってよく気がつく人ですから」

「そ、そうですか。椿さんのことよくわかってるんですね」

「長い付き合いなので」

「はあ……」

また一つ、ほんのわずかだが苛《いら》ついて気分が悪くなる。

自分の実兄であり、そうとわかる前から兄に近い存在だった楓雅が、椿のためにと甲斐甲斐しく肉や野菜を細かくしている姿を想像すると、空っぽの胃が軋《きし》みそうだった。

こんなにも誰かのことを、全部丸ごと気に食わないと思う自分は頭がおかしくて性格が悪いのだろうと、自己嫌悪に陥ってしまう。

制御したくてもできない、自分の中にある手のつけられない部分が椿の存在そのものに反応するのだ。

それは常盤に対する恋情と正反対で、それでいて負けないくらい感度がよく、椿の見た目にも仕草にも声にも、話の内容にも、とにかくすべてに対してぴくっと反応する。椿の楓雅への献身を知って憐憫《れんびん》や敬愛の念が生まれたにもかかわらず、抑えきれない。

「優しくて尽くしてくれて、いいですね、楓雅さん」

ひくつく顔で無理に笑ってみると、何故《なぜ》かむっとされた。

椿は椿で何か言いたいことがありそうだったが、鋭い視線と共に「ええまあ、いつまで経《た》っても後輩は後輩ですから」とだけ返された。

「――ああ、お二人とも申し訳ありません、お茶の御用意がまだでしたね。冷たい緑茶でよろしいですか？　他はノンアルコールビールとお水しかないのですが」

「緑茶で構わん」

龍神の返事を聞くと、椿はクーラーボックスから冷えた緑茶を取りだした。

薔の答えは聞く気がないのか、無言でコップに注ぐ。

硝子《ガラス》のコップが二つと、紙コップが一つだった。

椿は当たり前のように紙コップを使う。誰が決めたのか知らないが、こんな物までいちいちランク付けしてあるのが、薔には気持ちが悪かった。

「酒が欲しいところだが、緑茶も悪くないな。常盤もよく飲んでいた」

「そうでしたか。常盤様も本当はビールが飲みたかったのでは？」

「いや、それがそうでもないのだ。常盤は封隠窟を探すためだけにここに来ていたので、何事も合理的に済ませたがっていた。食事などバランス栄養食で構わないとか、手っ取り早くレトルトにしろとか、そんなことを言っていたのだ」

「なるほど、そうでしたか……でも青一さんはそういうタイプではありませんよね」

「そう、あの男はどんな時でも楽しみたがる。それで常盤も、こういった食事にしぶしぶ付き合っていた」

「常盤様が面倒くさそうにしている姿が想像できます。でも本当は、青一さんのおかげで息抜きができてよかったのでは？」

龍神と話しながらも隙を見てスマートに食事をする椿の前で、薔は串に刺さったチーズ塗れの肉にかぶりつく。

椿の上品な食べ方が鼻につき、隣のタープに目をやった。

誰も箸など使っていない。ほぼ全員が肉や野菜にかぶりついている。

楓雅と業平の二人はテーブルに着くことすらなく、陽射《ひざ》しとグリルの煙を浴びていた。

豪快に立ち食いしつつ、ノンアルコールビールの缶を手に第二弾を焼いている。

茜が薔の視線に気づき、もぐもぐとやりながら手を振ってきた。

常盤も剣蘭になりきって、茜の隣で黙って食べている。

なるべく目立たないよう気をつけているのだろう。本物の剣蘭は面倒見がよいところもあるが、基本的には要領がよく、面倒は避けて通るタイプだ。頼まれたことしかやらない分、やるとなったらそつなく熟《こな》す。そういう剣蘭らしいスタンスで、常盤は集団に紛れていた。薔に手を振ってくることはなかったが、こちらを見ている。

——向こうに行きたいような、こっちで龍神様と椿さんを見張っていたいような、変な感じだ。なんか凄い、もやもやする。

意外にあっさりとしたチーズでコーティングされた肉は、こんな状況でも美味だった。カリカリに焼けて少し焦げ味がする脂身が、口の中でじゅわっと溶ける。

肉はやわらかく、さほど噛まなくてもすぐに呑み込めるくらいだ。それでも噛むたびに霜降りの脂が溶けて旨味《うまみ》が広がるので、状況とは裏腹に口ばかりが幸せになる。

——常盤のこと、椿さんが語ると腹が立つのは当たり前だけど……それだけじゃなく、俺は……青一さんのことも楓雅さんのことも語られたくないんだ。

学園の教育プログラムによって封じられ、捻《ね》じ曲《ま》げられた記憶は、一つ思いだすと芋蔓《いもづる》式にあれもこれもと引きだされていく。曲げられたものも真っ直ぐに正されていった。

現在の青一に会ったことで、彼のことも少しずつ思いだしている最中だ。

子供の頃の自分は青一に懐いていて、兄の兄のような存在だと認識していた気がする。

常盤ほどではないけれど、この人にも甘えていいんだと思っていた。とても可愛《かわい》がってくれて、青一が自分のことを好きだと、頭から信じていた。信じさせてくれる人だった。

楓雅も同じく、学園に入ってからの自分にとって兄のような友人だった。

楓雅は極端に目立つので、そんなに構わないでくれ……と微妙な態度を取ってしまったこともあったが、本音では嬉しかった。

「薔薇様、私のことを嫌う気持ちはわかりますが、そんなに怖い顔で睨《にら》まないでください」

睨《にら》んでなんかいません――と否定するにはあまりにも露骨に睨んでいて、いつの間にか眉間《みけん》に皺《しわ》が寄っていた。

楓雅に関してはいい。自分は弟で椿は恋人もしくは想《おも》い人なのだから、それはもちろん仕方がないと思える。楓雅にも椿にも、幸せになってほしいと思っている。

でも、自分が知らない常盤や青一の行動について、椿が知っているのは気に入らない。百歩譲って知っているだけならいいが、訳知り顔で発言されると憎らしくなる。

中身が龍神とはいえ、こうして常盤と同じテーブルに着き、視線を合わせたり、言葉を交わしたりしているのも気に入らない。

椿は敬うべき先輩神子で、その立場上仕方なく龍神の接待をしていると頭ではわかっているものの、過敏なセンサーがぴくぴくと反応して止まらなかった。

「パンが足りませんね、いただいてきます」

「牛肉も足りないぞ。チーズに潜らせた焼きトマトも欲しい」

「はい、承知致しました。ですが、最後にマシュマロを焼いてチョコレートフォンデュにすると聞いています。フルーツもあるそうです。お食事はほどほどにして、お腹を空けておいてくださいね」

「ん……いや、気にすることはない。別腹というやつだ、まったく問題ない」

「常盤様は満腹まで食べない御方でしたよ」

そう言って椿が席を立つと、龍神は緑茶に手を伸ばした。こくこくと二口ばかり飲んでから、左隣にいる薔の顔をじっと見つめ、愉快げに目を細める。

「お前は蛇蝎《だかつ》の如《ごと》く姫を見る。本当に嫌いなのだな」

「蛇蝎って……そこまでじゃありません。尊敬するところもあるし。ただ、椿さんとは色々ありましたから、なんかつい。あ、でも俺は椿さんの幸せをちゃんと願ってますよ、本気で。楓雅さんが椿さんのこと大好きなのわかってるし、椿さんが苦労してきたことも少しは知ってるし」

「常盤にさえ近づかなければ、それでよいと」

「まあ、そういうことです」

「青一にもだろう？」

「それは……今ちょっと、ちょっと思っただけです」

龍神の言葉に概《おおむ》ね同意した薔は、一秒もしないうちに自分の過ちに気づく。

常盤にさえ近づかなければ、それでよい──に同意してはいけなかった。龍神が求める答えは別にある。

「龍神様の寵《ちょう》を、競う仲でもありますから」

内心は慌ててフォローを入れた。

そうと気づかれないようさりげなく、少し俯《うつむ》いたりしてみせる。

同じタープに、茜がいなくてよかったと思った。

こんなことを言う醜い自分を茜には見せたくない。

龍神の機嫌を取らなければいけない事情があって、不本意なことを言っているのだと、茜なら理解してくれるだろう。でも、そうだとしても見せたくない姿だ。

「薔、頬《ほお》のここに、ソースがついているぞ」

龍神に肩を抱かれ、そっと引き寄せられる。

彼は自分の頬に指を当て、位置を示していた。

拭《ぬぐ》おうとしてお手拭きに手を伸ばすと、顔を近づけられる。

「あっ」

ぺろりと舐《な》められ、舌が触れたところが生温かくなった。

顔が離れると、今度は同じところがひんやりする。

「ふふ、可愛いな。綺麗になったぞ」

「……ありがとう、ございます」

隣のタープから誰かに見られたかもしれないと、そればかり思った。

龍神が憑依した常盤の舌で顔を舐められても、それほど嫌なわけではない。今の自分は飛び上がったりしないし、喚《わめ》きもしない。

これくらいなんでもないことだと思えるけれど、他者から見れば異様な行為だ。中身が龍神様なのに、そんなことされてよく平気だな。すっかり龍神の妾《めかけ》だな——と、誰かの心の声が聞こえた気がした。

仕方ないじゃないか、俺だって好きでこんなことをやってるわけじゃない。本当は突き飛ばしたいけど我慢してるんだ——誰に対してかわからないが、顔を顰《しか》めて言い返す。

実際の表情はだいぶ違う。恥ずかしがっているような微笑を意識した。

どういう顔になっているのか鏡がないのでわからないが、龍神の機嫌がよさそうなので上手くいったのだろう。

「龍神様も、頰のとこソースついてますよ」

常盤だったら絶対こんなことにはならないだろうなと、思いながら唇を寄せた。

剣蘭の中の常盤が、見ているかもしれない。

茜も楓雅も椿も、竜虎隊員の三人も、見ているかもしれない。

誰か一人くらい呆れているだろうか。それとも不憫《ふびん》だと思ってくれているだろうか。

もしかしたら羨《うらや》ましがる人もいるかもしれない。わからない、人の心はわからない。

——考えちゃ駄目だ、気にしてたら失敗する。誰になんと思われようと、俺がやるべきことは龍神様の機嫌を取ること。そして常盤から気を逸《そ》らすこと。常盤を守るためにも、契状を破棄して体を取り返すためにも、俺は……龍神様の神子でいなくちゃいけない。

ぺろりと頰を舐めると、彼はとても満足そうな顔をした。

薔の肩を抱き、こめかみとこめかみを擦《す》り寄せて猫可愛《ねこかわい》がりする。

「薔、チョコレート掛けのマシュマロは、お前がアーンと食べさせてくれるのだろうな。駄目だと言うなら姫にやらせるぞ」

龍神がふざけたことを言ってきた。

憎めないところのある神だと思っているが、今はとても憎くなる。

「そのくらい、駄目なんて言いません、ちゃんとアーンってして差し上げます。けど俺は自分で食べますよ。さすがに恥ずかしいので」

くすっと、教団の若い神子達を手本にして笑ってみせる。

常盤のイメージを穢《けが》されることに対して、常盤以上に腹を立てている自覚があった。

それでも余裕ぶって、釣り針で口角を引っ張り上げるように笑顔を保つ。

龍神の顔からも、笑みが絶えることはなかった。

上手くいけばいくだけ守れるものがあり、上手くいけばいくだけ失うものがある。

漂い始めた甘い香りに、吐き気がした。

7

自分自身の顔というのは、鏡や写真、映像を通して見ているだけで、常に平面的だ。当然ながら直《じか》に見られるものではない。

見えてしまっている今が異常であって、龍神《りゅうじん》が憑依《ひょうい》した肉体──常盤《ときわ》であり西王子《さいおうじ》篁《たかむら》である肉体を、常盤は自分自身として受け入れてはいなかった。

もちろん自分にほかならないことはわかっているが、そっくりな他人だと思っていないと頭が変になりそうだった。龍神の言動が本来の自分とずれるたびに、いちいちストレスを感じていたら身が持たない。

その顔を初めて立体として目にした瞬間から、他人として捉《とら》えるよう努めてきた。

そして、その時点では違和感のあった剣蘭《けんらん》の体に意識を馴染《なじ》ませた。

完全に割りきれるものではなかったが、剣蘭になりきらなければ命を奪われることを、本能が察していた。

──もしも気づかれたらこの体を殺される。そうなった時、俺と剣蘭の魂は同時に死ぬ破目になるのか……或《あ》いは他の誰かに憑依できるものなのか、殺されてみなければわからない。当然、二人で無駄死にするものと思って行動するべきだ。

最悪のシナリオを描きながら、常盤は借り物の体に纏《まと》ったシャツを脱ぐ。

またしても龍神の我《わ》が儘《まま》に付き合わされていた。

契状破棄を急ぐ必要が微塵《みじん》もない龍神は、薔《しょう》と椿《つばき》を侍《はべ》らせて食事を摂《と》ったあとに、腹が苦しいと言って一時間近くも休んだ。

挙げ句の果てに入浴したいと言いだして、山間《やまあい》にある温泉に向かうと決めたのだ。目的地から大きく外れたわけではないが、遠回りではある。

リーダーの楓雅《ふうが》は、「温泉から出た頃には暗くなっていて動けなくなると思います」とは言ったものの、強く反対したりはしなかった。

子供っぽいところや素直なところがあって説き伏せやすい龍神ではあるが、正面きって逆らうことは誰にもできない。

薔や椿は別格で、それなりに発言力があるとしても、神子《みこ》以外の人間など神にとっては代わりのきく雑魚に過ぎないからだ。

──俺として何も考えるな。剣蘭だったらどうするか、何を言い、どんな顔をするか、それだけを考えて行動しろ。

やや黄色味を帯びた緑色の湯が、ドドドッと音を立てて滝のように流れてくる。激しく流動している部分は飛沫《しぶ》いて白く見えるが、実際には濁りのない透き通った湯だ。

紅葉が流れる岩だらけの天然温泉を前に、常盤は楓雅と茜《あかね》と共に服を脱いでいく。

着替えるのに適当な場所はいくつかあり、龍神と薔と椿は一段高い所にいた。もちろんここよりも上流だ。

竜虎《りゅうこ》隊員の三人は、「我々はよい場所を探してテントの設営をしてきます」と龍神に申し出て認められたが、他の人間は逃れられなかった。

椿が「私は背中に彫り物があるので温泉には入れない身です」と、孤島の山奥の温泉では通るはずのない言い訳をしたものの、龍神は誤魔化されなかった。

「お前の背中の美しい白虎《びゃっこ》を、久しぶりに愛《め》でたい」などと薔の神経を逆撫《さかな》でするようなことを言ったのだ。それでも椿は折れず、「温泉は髪が傷むので入りたくないんです。何卒《なにとぞ》お許しを」と頑《かたく》なに拒否していたが、「濡《ぬ》れないようにすればいいことだ。薔を見習って早く脱げ」と迫られて根負けしていた。

そして残る三人──楓雅、茜、剣蘭ということになっている常盤は、『お前達は一段下で浸《つ》かるがよい」と命じられ、嫌だとは言えなかった。

──剣蘭は元水泳部で、人前で脱ぎ慣れていて、自分の体に相当な自信を持っている。初めて山中を歩かされ、汗だくになったり煙を浴びたりして、ベタつく肌にうんざりしているはずだ。龍神の手前、文句は言えないものの ずっと不機嫌だったが……温泉を見たらテンションが上がる。体に自信もあることだし、我先にと飛び込んでいきそうだ。

剣蘭になりきって思考回路を辿《たど》りながら、常盤は次の行動を決める。

下着まですべて脱ぐと、衣服をざっくりと畳んで湯に近づいた。

龍神の目が届く場所で剣蘭の振りをするのは、常に命懸けだと思っている。

ミスをすれば兄弟二人であの世行きと思えば、なんだってできる気がした。

薔の口から大人の玩具《おもちゃ》がどうのと聞いて、煮《に》え滾《たぎ》るような怒りに頭の血管が破裂しそうだったが、それすらも耐えた。

胸倉を摑《つか》んで殴ったり刺したりできる相手ではない以上、今は仕方がない。

どうしても耐え難いと思った時は、遠隔操作で殺された紅子《べにこ》や蘇芳《すほう》の末路を思いだし、心臓を締めつけられる苦痛を反芻《はんすう》するようにしていた。

「凄《すご》い湯気だな、ちょっと独特の匂《にお》いがする」

初めて温泉に浸かる剣蘭の言動をイメージした常盤は、精いっぱいなりきってみる。

日に当たっていた岩は乾いて温かく、さらさらとした表面が足裏に心地《ここち》好かった。

それでいて脛《すね》から上には湯気がふわりと当たり、浸かる前から肌が潤う。

いつの間にか空の明度が落ちていた。雲は日本刀の刃文を彷彿《ほうふつ》とさせるフラクタスで、薄いが波模様が綺麗《きれい》に出ている。

山間の岩場から見上げると、視界には空と紅葉しかなかった。

足元を見下ろせば、連なる黒っぽい岩と黄緑色に近い湯だけが見える。透き通っているおかげで深さがわかり、安全に入れる場所はすぐに見つかった。

「剣蘭、待って待って、俺も一緒にっ」

茜がすぐあとをついて来て、「ほんと独特の匂いだな」と笑う。

「あ、でも俺そんな嫌いじゃないかも」とも言っていた。

当然ながら裸だが、意外にも堂々としている。髪を纏めていて、つるりとした丸い額が愛らしい。やはり葵《あおい》に似ていて、綺麗な顔だと思った。

そんな茜と二人で岩の上に座り、爪先《つまさき》から湯に入れる。

常盤はこの辺りが適温だと知っていたが、上流に行けば熱湯並みに熱いところもある。

そういった情報を知らない剣蘭として、慎重に温度を確かめている振りをした。

「お、適温。ちょっと温《ぬる》いくらいか?」

「うんうん、温水プールくらい?」

「さすがにプールよりは熱いだろ」

「そっか、そうだよな。あ、剣蘭、いくら得意でもここでは泳ぐなよ。流されたら危ないからな」

「そんなことわかってる」

常盤は茜と共にザブンと湯に飛び込み、霞《かすみ》の向こうに目をやった。

自分の体を勝手に使っている龍神が、薔の肩に手を回しているのが見える。椿とは少し離れているだけましだが、今この瞬間の薔の気持ちを想《おも》うと胸が苦しくなった。

温泉には感動しつつも、気が休まることはないだろう。できることならこちらに来たいはずだ。龍神が薔を気遣ってくれないものかと思ってしまう。「私とずっと一緒では気疲れするだろう。贔屓生《ひいきせい》三人で仲よく浸かるがいい」と言うくらいの優しさが神にあるなら、薔も少しは楽になるだろうに——。

——かと言って、俺の体の龍神と姫が二人きりになるのも心配だろうな。龍神の行動を見張り、剣蘭から意識を逸《そ》らすという意味では、今のままの方がいい。複雑だが、現状が一番いいのは確かだ。

薔の献身を思いながら、常盤は龍神の背中に目を留める。

入浴により体温が高まったことで、朧《おぼろ》彫《ぼ》りが浮かんでいた。

八十一鱗《くくり》教団の信者らしく、黒一色で彫られた見事な龍だ。こうして客観的に見られる機会が訪れるとは思ってもみなかったので、剣蘭としての目線で眺めておく。

もしここにいるのが本物の剣蘭だったら、薔の裸を意識しつつも見過ぎてはいけないと思《おも》い止《とど》まり、兄の背中の龍に視線を移しそうだ。

椿の背中にも、西王子家や虎咆会《こほうかい》に身を捧《ささ》げる意味で白い虎《とら》が彫られている。おそらく今頃はくっきりと浮かび上がっているだろうが、角度と色の関係でよく見えなかった。

「両手に花でいいよなぁ、俺もあっちに行きたい」

茜は岩にしがみついて流されないようにしながら、薔がいる上流を覗《のぞ》き見る。

少しでも近づきたいらしく、よい場所を探してじりじりと移動を続けていた。

「常盤様って背中に刺青入れてたんだな、凄い迫力。黒一色ってカッコイイよな」

「そうだな。入ってるとは聞いていたけど、見るのは初めてだ」

「先生とか職員の人とか、入れてる人いるにはいるけど、だいたいカラーだよな。躍動感あって生きてるみたいだし、まず絵が上手過ぎ」

「日本画の有名な絵師が彫師をやっていて、その人に彫ってもらったらしい」

「えっ、そうなんだ。凄いなぁ、さすが常盤様。いつか彫ってるとこ見てみたい」

元美術部の茜は刺青に興味津々で、椿の背中も見られないものかと首を伸ばす。

本人の口から「彫り物がある」と聞いた時から、是非見たいと思っていたようだった。

「うーん、見えない……見えないけど椿さんのうなじが色っぽいのはわかった」

「何を見てるんだ。覗きみたいな真似《まね》はやめておけ」

「いやぁ、なんか改めて思うんだけどさ……龍神様の好みってわかんないよな。椿さんと薔って全然タイプ違うじゃん。あと杏樹《あんじゅ》だろ？　先輩とかでも、美人系から可愛《かわい》い系までいろんなタイプが神子になってて、美童ってこと以外に共通点なくない？」

「そうだな、お前が弾《はじ》かれたのも不思議な話だ」

「え、何それ!?　俺のこと褒めてる？　剣蘭ってそんなこと思ってたんだ？」

「いや、まあ……選ばれてもおかしくないビジュアルだとは思ってる」

「えー嬉《うれ》しい、それ嬉しい。ビジュアル褒められるとなんかこう、上がるよなぁ」

剣蘭らしからぬことを言ってしまったかと少し焦る常盤に、茜は屈託なく笑って喜ぶ。

本当のところ神子の共通点はあるのだが、茜はよくわかっていないようだった。

見た目には申し分ない茜が選ばれなかった理由は、おそらく闇《やみ》がないからだ。

心の闇は毒を生み、毒は人を惹《ひ》きつけ狂わせる。神すらも惹きつけるのだ。

常盤にとって薔は天使のように清らかで可愛く、子供の頃から優しい子だが、その心に強い独占欲と妬心《としん》を孕《はら》んでいるのはわかっている。自分も同じだからよくわかる。

愛と言い換えられる苛烈《かれつ》な想いをお互いが持っているからこそ、生まれ変わってもまた巡り合えるのかもしれない。

「湯気のわりに熱くないんだな」

茜と二人で浸かっていると、遅れて入ってきた楓雅が近くに来る。

楓雅と入浴するなど考えたこともなかった常盤は、初めて見る裸体に目を瞠《みは》った。

全身の産毛《うぶげ》が金色に光り、驚くばかりに輝いている。

自分の本体はもちろん、剣蘭の体も負けてはいないが、楓雅の貫禄《かんろく》は凄《すさ》まじいものがあった。よく鍛えられた肉体は、男でも惚《ほ》れ惚《ぼ》れする仕上がりだ。

「わー、楓雅さんの体すっごい綺麗！　なんですかその筋肉っ、ムキムキでカッコイイし全身ゴールドだし！　美し過ぎます！　さっすがキングって感じですね！」

「わ、ありがとう。そんなストレートに褒められると照れるな」

「いいものはいいって言わずにいられないんです、俺っ。絶対無理なのわかってるけど、うちの部でヌードモデルやってほしい！」

茜は目を輝かせて食いつき、楓雅は「ありがと。うーん、たぶん無理」と笑う。

贔屓生二人を預かる引率のつもりなのか、楓雅は下流側に回った。

岩々を縫って流れる温泉は深さも区々《まちまち》で、流れが急な部分もある。下手をすれば流されかねないため、川と同様に危険が伴うものだった。

「剣蘭、そこの岩に寄りかかるように浸かれば安全かも。まあ、剣蘭はそうそう溺《おぼ》れないだろうけど」

楓雅は近場にあった大岩を指差すと、茜の肘《ひじ》にそっと触れ、「それ以上は行くなよ、その先ちょっと深そうだから」と注意を促した。

「あ、ほんとだ。ありがとうございます。それにしてもいいですね、こういうの。何気に憧《あこが》れてたんです、温泉。汗掻《か》いてベタベタしてたし、気持ちいー」

全身から溢《あふ》れだす茜の喜び方は、外に出たことがない少年の見本のようだった。剣蘭は性格的にすかしているので、本物がここにいたとしても茜ほど手放しで喜んだりはしないだろう。

しかし本物が得るはずの新鮮な喜びを、常盤は意識せざるを得ない。

何しろ蒲牢島《ほろうじま》には七回も来ていて、天然温泉に対する感動など擦りきれていた。思い返してみれば、自分も最初のうちはそれなりに感動したのだ。よいものを見つけたものだと喜んだ記憶がある。

島に来るのは封隠窟《ふういんくつ》探しであって観光ではなく、それでいて目的を果たせずに無力感や苛立《いらだ》ちは常にあった。温泉も食事も、同行者への配慮に過ぎないと思っていたが、温泉に浸かっている時まで顰《しか》め面《つら》をしていたわけではない。

──薔も、今こんなふうに喜んでいるのか？　龍神や姫と一緒なのは不本意でも、それなりに楽しんで……一息ついてるのか？

そうであってほしいと思う。

初めての体験に喜ぶ薔を見られないのは残念だが、薔の心痛を考えれば悔しがってなどいられない。たとえ少しでも、ほっとしたり心地好さを感じたりしてほしい。

同じことを食事の時も思った。

隣のタープで肉にかぶりつく薔を可愛いと思い、近くにいられないのがつらかったが、美味《おい》しい物を美味しいと感じ、一旦《いったん》何もかも忘れて楽しんでいてほしかった。

嫌な思い出ばかりになってしまうのでは、薔があまりにも可哀相《かわいそう》だ。

自分としては、「いつか常盤と一緒に」と願っていてくれたら、それだけでよかった。

──薔……お前の隣に俺の体があるのに、なんだって俺は……。

自分の物ではない体を洗いながら、打ち寄せる湯の流れに逆らう。

上流にいる龍神と、薔の背中を見据えた。

椿は二人と少し離れたところにいて、背中をこちらに向けないようにしている。白虎の朧彫りを見られるのが余程嫌なのだろう。

立ち上る湯気が邪魔して三人の姿はぼんやりとしていたが、黒髪の二人とは明確に違う薔の髪色は目立っていた。首や背中は薄桃色で、とても美味しそうに見える。

山の中に温泉が川や滝のように流れていることを、薔はどう思ったのだろう。

今どんな顔をして湯に浸かっているのか、もっと近くで見たかった。

段差はわずかだ。岩を越えて一段高い所に行きたい。流れに抗《あらが》い、薔の隣に立って顔を見たい。話したい。今すぐ自分の体を奪い返せたら、どんなにいいか——。

「剣蘭、よく考えたらさ、この状況ってかなり凄いよな」

「——ん？　何がだ？」

「俺達って今、薔と同じ風呂《ふろ》に入ってるんだぜ。プールじゃなくて風呂に」

無謀な願望を滾らせる常盤の耳に、興奮に弾む茜の声が飛び込んでくる。

子供っぽいことを言ってくれたおかげで、少しは冷静になれた。

「風呂って言わないだろ、川みたいなものだ」

「そうだけど、でもさ、今ここにあるお湯は……」

茜は常盤にだけ聞こえるように、口の横に手を当てる。

「間違いなく薔の方から流れてくるんだぜ」と囁《ささや》いてきた。

そのうえさらに、「薔は今マッパなんだぜ」と頬《ほお》を染める。

「お前、温泉の湯を飲んだりするなよ」

「しないって、なんだよ剣蘭、俺を変態みたいにっ」

「十分変態だろう」

「え、じゃあ自分は考えなかったとでも？」

「考えるわけない、そんなこと」

「うっそだー、剣蘭が考えないわけないって」

「なんだその決めつけは」

「えー、だってエロ妄想とかさー、俺より剣蘭のが絶対激しいし。このお湯は薔のどこを撫《な》でてきたのかなとか、絶対考えるだろ」

「考えてない、そんなこと」

「むーん……なんだよもう、素直じゃないなぁ」

むすっとする顔も、猥談《わいだん》まがいの会話も少し笑えて、常盤は茜の存在に癒《い》やされる。

陰神子として学園にいた頃の薔もきっと、この子の明るさに救われていたのだろう。

「あ、剣蘭……ちょっと見て、あれ！」

茜が示していたのは薔の方で、ほんのわずか目を離した隙《すき》に状況が変わっていた。

一応三人で固まっていた状態から、薔だけが離れている。

すいすいと腕だけ平泳ぎのように湯を掻いて、こちら側にやって来た。

「薔っ」

茜とほぼ同時に名前を呼んだ常盤を、薔はちらりと見た。

けれどもすぐに視線を外し、「楓雅さーん！　俺そっち行くよー」と声を張り上げながら小さな滝を滑り降りる。

はらはらせずにはいられない常盤を余所《よそ》に、薔はザパンッと爽快《そうかい》な音を立て、一段下に当たる所までやって来た。

「薔、大丈夫か？　こっちに来ていいのか？」

薔がさらに下流まで流されないよう、楓雅はゴールキーパーさながらに両手を広げる。

すると薔は湯の流れに身を任せ、岩底を蹴《け》りつつ楓雅の懐に進んでいった。

――龍神が、こちらを……。

楓雅が薔を確実にキャッチしたのを見てから、常盤はすぐさま龍神に視線を投げた。

龍神は椿と共に薔の方を見てはいたが、これといって問題は感じていない様子だ。

薔が無謀なことをするわけがなく、許可を取ったのだろうと常盤も察していたが、予想外の展開だった。

「楓雅さん、ごめん急に。吃驚《びっくり》したよな?」

薔は楓雅の逞《たくま》しい腕と近場の岩の両方を使って体を支え、にこりと笑う。

半ば泳いで移動したことで髪まで濡れて、滴る雫《しずく》が夕陽《ゆうひ》を撥《は》ね返していた。

薔にしては珍しいほどの笑顔は、見る者の目に焼きついて離れない太陽の光を放つ。

闇があれば毒もあると思ったのが嘘《うそ》のように、今はただきらきらと光り輝いていた。

「龍神様、許可してくれたんだ?」

「うん、『初めての温泉だし、兄弟水入らずとかしてみたいです』って頼んだんだ」

「そっか、全然水入らずじゃないけどな」

「そうなんだけど、幸いそこは突っ込まれなくて。どのみちあとちょっとしか入ってられないし、それくらいはいいって思ったのかも」

「逆上《のぼ》せちゃうもんな。やっぱり上の方が熱い?」

「たぶん、ここよりは少し。一度や二度くらいかな」

温まった薔の体は桃色から薔薇色《ばらいろ》に染まり、頰も唇も赤みが強くなっていた。

西日が濃い陰影を描きだしていたが、黄みや橙 色《だいだいいろ》を加えるせいで青みの欠片《かけら》もない。

存在そのものが温かくて、ただ見つめているだけで胸がじわじわと熱くなった。

常盤はもちろん、茜も薔に見惚《みと》れて言葉が出ない様子だった。

実兄である楓雅だけが、嘘のように平気な顔をして笑っている。

「髪濡れちゃってるし」と言いながら、気軽に薔の髪に触れていた。

薔にときめくことも淫心を抱くこともない楓雅のそれが、同じ血を持つが故の力なら、そんなものはなくて本当によかったと常盤は思う。

しかしもしも血が繋《つな》がっていたとしても、自分は楓雅とは違うだろうとも思った。薔薇に邪《よこしま》な想いを寄せずにはいられず、それでいて血によって邪魔をされるのかもしれない。

血の繋がりは度の合わないコンタクトレンズのように見る目を歪《ゆが》ませ、薔の持つ魅力をどうにかして見逃そうとするだろう。それでも紆余曲折《うよきょくせつ》の果てに最後には必ず薔に堕《お》ち、道ならぬ恋に苦しむのだ。自分ならきっと、血が繋がっていてもそうなる。

「薔、よかったな。せっかくだから友達と入りたいよな」

「それ言うと駄目って言われるけどな、たぶん」

「だよなぁ」

楓雅と岩にしがみつきながら、薔は常盤と茜を順番に見た。

あくまでも平等に、剣蘭と茜は楓雅のおまけという扱いでちらりと見て、控えめに笑いかけてくる。すぐにまた楓雅を見上げると、「楓雅さん凄い、西日のせいかな？　髪も体もキンキラしてる」と感嘆の声を上げた。

楓雅は「キンキラ？　キラキラじゃなく？」と首を捻《ひね》る。

「金色でキラキラだからキンキラ。変かな？」

「変じゃないけど、『キンキラキン』は派手でケバケバしいって意味だった気がする」

「え、そうなんだ？　ごめん、じゃあキンキラはやめておく。楓雅さんの場合は神々しい感じだし」

「それは言い過ぎだろ」

薔は楓雅の腕に掴まったまま、ははは と笑う。

茜が割って入り、「全然言い過ぎじゃないと思いまーす」と同意した。

血の繋がりがある正真正銘の兄弟で、全裸で接触してもなんの問題もなく、龍神からも許される関係――そんな薔と楓雅の姿を、常盤は少し離れたところから見つめる。

自身と同じ血を持つ弟、剣蘭の姿で、一歩も距離を詰めずにただ見つめていた。

楓雅のことを羨《うらや》ましく思う気持ちはある。

その証拠に、いつの間にかキシキシと歯を食い縛っていた。

抑え込まなければ暴れそうな感情が自分の中にある。

けれども本質を見失うことはなかった。薔がどうしてこちらに下りてきたのか、それを考えれば、自分が如何《いか》に幸せかよくわかる。

――初めての温泉を、俺と一緒に……。

常盤の体を乗っ取った好色な龍神を、椿と二人きりにするのは本意ではないはずだ。

できることなら一時も離れず、おかしなことにならないよう見張っていたいだろう。

それでも薔は、わざわざ理由をつけてここに来た。
その意味を考えずにはいられない。
今すぐにでも湯を搔き分け、抱き締めたい。
「薔、温泉って、いいものだな」
剣蘭として話しかけると、薔が振り向く。
友人向けの顔をして、「山の中にお湯が流れてるなんて、嘘みたいだよな」と笑う。
大きな琥珀色《こはくいろ》の目が、潤んで見えた。

8

寝袋の下に敷いた厚いエアーベッドの上で、薔《しょう》は右腕を頭の横に向けて真《ま》っ直《す》ぐ伸ばしながら息を潜める。

裏起毛の暖かいジャージの袖《そで》越しに、龍神《りゅうじん》の体温と頭の重さを感じていた。

もちろんどちらも常盤《ときわ》のものであり、不快なわけではない。多少腕が痺《しび》れてきて、そろそろ解放してほしいなと思う程度だ。

一行は温泉地から一キロほど東の山中で、二つの大きなテントに分かれていた。食事の時は三対六に分かれたが、就寝時は二対七だ。無論、決めたのは龍神だった。

旅に出る前に薔が口にした言葉――常盤の体を他の誰にも触れさせないでほしいという切なる願いを、龍神は一応のところ受け入れている。

薔と心を交わして人間的恋愛を経験したいという本人の希望もあり、貞操を守ることは約束事として成り立っていた。常盤の体で椿《つばき》と同衾《どうきん》してはいけないという判断を、龍神は誰に説かれることもなく自分でできていたのだ。

もちろんそれに関して不服はない薔だったが、別の不安はある。

二人きりになるとまた性的な悪戯《いたずら》をされそうで、龍神が眠るまで落ち着かなかった。

——腕枕《うでまくら》……してくれることもあるけど、されたがる時はたぶん凄《すご》く眠い時。今夜は大丈夫だよな、きっと疲れてるだろうし……。

薔も慣れない山歩きに疲労困憊《ひろうこんぱい》していたが、体力的に上をいくはずの龍神は自分以上に疲れている気がしていた。

温泉のあとにテントまで歩くのを面倒くさがり、竜虎《りゅうこ》隊員が設置したテントの位置が遠過ぎると、散々文句を言っていたのだ。

楓雅《ふうが》が「背負いましょうか」と申し出ると「薔でなければ嫌だ」と我《わ》が儘《まま》を言い、薔が「じゃあ俺が」と言ってリュックを下ろそうとすると、「真に受けるな」と拗《す》ねていた。

ただ単に駄々を捏《こ》ねていたわけではなく、本当に歩きたくない様子だったので、やはり人間の体で長時間動くのはきついのかもしれない。

——あ、寝た……かな？

予想通り、龍神は不埒《ふらち》な真似《まね》をすることなく眠りに落ちる。

かくんと頭が動き、普段とは違う匂《にお》いの髪が揺らめいた。

本物の常盤の髪は洗練された大人の香りがして、それは常盤自身によって選び抜かれた整髪料や香水の香りだ。

本人が好む香りは、当然とても似合っていて彼に馴染《なじ》んでいる。

——今夜は温泉の匂いと、汗の匂い。あとはたぶん、森の匂い。湿った土とか食べられそうな木の実とか、甘ったるい杉みたいな、ごちゃ混ぜの匂い。都会的じゃなくて、でも学園の森とも違う、外の世界の匂い。

いい匂いとは言えないけれど、決して悪くはなく、何度も嗅《か》いでいると土や根や擦れる木の葉、百合《ゆり》のイメージが湧《わ》いてくる。香りを当てるクイズでもしている気分だ。

匂いはいつもと違っても、秀麗な眉目《びもく》は変わらない。

眠っていると遠慮なく見つめることができた。

テントの中には蓄電式ソーラーライトが灯《とも》っていて、高い鼻や濃い睫毛《まつげ》が落とす影まで見て取れる。

眠ってしまえば本物の常盤とそう変わらないのだろうが、薔は常盤のこんな無防備な寝顔は見たことがなかった。

正確に言えば入院している時に見たことは見たのだが、あの時は怪我《けが》や目の隈《くま》があまりにも痛々しかったので、今の状態とは比べようがない。

──気をつけて静かに腕を抜けば、たぶん起きないだろうけど……テントから出るのは不味《まず》いよな。もし急に目を覚まして俺がいなかったら、確実に機嫌が悪くなる。

藪山《やぶやま》とも森とも言える尾根には、梟《ふくろう》の鳴き声が時折、びくっとするほど大きく響く。

虫や蛙《かえる》の鳴き声は絶えることなく聞こえてきて、これらに関しては稀《まれ》に途切れると逆に気になるほど耳が慣れてしまっていた。

もしかしたら、テントを出ている間に梟が飛びきり大きく鳴くかもしれない。虫や蛙が鳴きやんで、静寂が目覚ましになってしまうかもしれない。

――温泉では近くに行けたし、一緒に夕陽《ゆうひ》を見られた。裸の椿さんを龍神様の隣に置いていくなんて、ほんとはするべきじゃなかったのに……。

昨夜、初めての海を常盤と見ることができて本当に嬉《うれ》しかった。

外見は剣蘭《けんらん》だったが、常盤と一緒に見た実感は十分過ぎるほどある。

山の中で湯気をもくもくと立てて流れる温泉に、薔は心底驚いて、感動して――だからどうしても、興奮が醒《さ》める前に常盤の傍《そば》に行きたかった。

幸い常盤の近くに楓雅がいたので、「温泉には家族水入らずで入るイメージがあります。家族っていうと、やっぱり楓雅さんです」と訴え、さらには「ここは俺には熱過ぎてすぐ逆上《のぼ》せそうです」とも言って、どうにか一段下まで泳いでいく自由をもらった。

龍神は温泉に浸《つ》かって頗《すこぶ》る上機嫌で、思いのほかあっさりと許してくれた。

薔がいなくなっても独りになるわけではなく、椿がその場に残ることも大きく影響していたと思われる。

椿を含む他の神子《みこ》に指一本触れないでほしいと求めておきながら、実に勝手な話だと我ながら思ってはいるが、これまでの自分に対する椿の所業をすべて許してもいいくらい、常盤との時間を得られたことに感謝している。

――勝手な行動は控えないと。温泉でのことは特別だし、許可を取ったうえでのこと。今ここを脱けだすのは、やっぱり違う。気分次第で人を殺す神だってことを忘れちゃいけない。素直で幼稚なところがあるからって、舐《な》めてかかったら駄目だ。むしろ道理よりも気分を優先しかねない神だってこと、ちゃんと肝に銘じておかないと……。

耐えろ、明日になれば会える。今はおとなしくしていろ。馬鹿《ばか》なことを考えるな――そう言い聞かせていると、龍神が「ん、ぅ」と寝息を漏らす。

エアーベッドに敷かれた寝袋の中で、半回転するように寝返りを打った。

薔の腕は重みを失い、痺れからも解放される。代わりに誘惑が体中に纏《まと》わりつき、使い慣れない寝袋の中で身じろぎせずにはいられなかった。

まるで羽化したくてたまらない蛹《さなぎ》のようだ。この寝袋から飛び立ちたい。

胸元にあるファスナーをジジッと下ろせばいいだけの話だ。

疲れて寝ている龍神が、簡単に起きるとは思えない。もしも梟が大きく鳴いても、虫や蛙がBGMを突然停止しても、龍神は起きないだろう。野犬や狼《おおかみ》がテントのすぐそばで遠《とお》吠《ぼ》えしても目覚めそうにないくらい、よく眠っている。

それでも駄目だ、駄目だ、我慢しろ――強く言い聞かせて蛹のまま耐えていると、「薔、起きてる?」と呼びかけられた。

「――ッ」

楓雅の声だった。気のせいではなく確かに、テントの外から聞こえてきた。

驚いて返事に詰まると、「寝てたらごめん」とさらに聞こえてくる。

「お、起きてる」

楓雅だと確信するなり、簡単に翅《はね》を広げられた。

ファスナーを下ろした記憶がないくらい速やかに寝袋を開き、起き上がり、床上約五十センチのエアーベッドから足を下ろす。

龍神の寝姿を確認したが、後ろ髪を引かれることはなかった。

楓雅なら問題ないと思ったのだ。

もし仮にこれが茜《あかね》だったとしても、同じように思ったかもしれない。

結局、誰ならいいのか悪いのか、それを決めるのは自分の罪悪感だ。

龍神に対する裏切りになるのは常盤だけで、常盤以外なら平常心でいられる。

もし声をかけてきたのが剣蘭だったら、きっと体が委縮しただろう。

寝袋から出たくても出られず、ひたすら我慢をしたはずだ。

「楓雅さん？」

テントの入り口を捲《めく》ると、カンテラの光が差し込んだ。

月明かりと一緒で、ぽうっと音がしそうな優しい光だ。

「俺もいるぜ」

ジャージ姿で眼鏡をかけている楓雅の後ろに、常盤が立っていた。

剣蘭だったらこう言うだろうという口調で、白ジャージのポケットに両手を突っ込み、如何《いか》にも剣蘭らしい斜に構えた立ち方をしている。

「あっ……剣、蘭……も」

「俺もう寝るとこだったんだけどさ、剣蘭が『薔と一緒に星を見たい』って聞かなくて。『龍神様は疲れて眠そうだったし、もし起きてきたとしても保護者同伴ならたぶん許してもらえるから』って、もうね、なんか凄い強引」

呆《あき》れ混じりの顔で笑いながら、楓雅は常盤に親指を向けた。

「あ、は……はは、そっか……保護者」

「そう、保護者。俺は安全牌《パイ》ですから」

「うん、ほんとに」

血の繋《つな》がった兄と育ての兄が揃《そろ》って会いにきてくれたことに感極まり、まともな言葉が出なくなる。うっかりすると泣きそうで、ずずっと洟《はな》を啜《すす》ってしまった。

「あ、これ膝《ひざ》掛《か》け。風邪引くといけないから」

長い両手で膝掛けを広げた楓雅は、それを薔の体にぐるぐると巻きつける。

大丈夫だとか要らないとか言わせない勢いで巻かれた薔は、直立不動のみの虫のように固められた。

「ありがとう……平気だけど」

「うんうん、まあ一応」

温泉の時と同じく、楓雅が一緒なら安心だった。

龍神に見られても堂々と言い訳ができる。それは常盤にとって複雑なことのはずだが、それでも楓雅を誘って会いにきてくれた。そこまでして会いたいと思ってくれた。

それだけでもう、十分過ぎるほど幸せだった。

「薔……星、凄いよな。学園で見るより圧倒的だ」

常盤はジャージのポケットに両手を突っ込んだまま、天を仰ぐ。

森に囲まれた王鱗《おうりん》学園からもたくさんの星が見えたが、ここから見る星は桁違《けたちが》いだ。

数が多いだけではなく、距離まで近く感じられた。ふとした瞬間に流れ星も見える。

手を伸ばせば摑《つか》める気がするくらい、空の裾《すそ》まで瞬《またた》いていた。

「降るような、星って、こういうこと……言うんだろうな」

常盤と話すだけで声が震えて、それ以上は言えない。

薔の代わりに、どこかで梟が鳴いた。黒く小さな蝙蝠《こうもり》の集団が一気に飛来する。

同時に虫が鳴きやんだが、それは一瞬に近いくらい短い間だけだ。

すぐにまた、どこからともなくコーラスが始まる。

夜になると息が白いほど冷えるのに、夏がまだ消えない。

「教団本部からだと、あまり見えなかったんじゃないか？」

常盤の問いに、蕾は「そうだな」と答えようかと思った。

けれどもその前に、教団本部の四十階から見た景色が浮かび上がる。

記憶に焼きついているのは、ジオラマのような街と海ばかりだ。

それすらもなるべく見ないようにしていた。

星が見えるとか見えないとか、そんなことを考えて空を見上げた記憶がない。

「あそこは一時的な仮住まいだと思ってたから、景色とか、あまり見ないようにしてた。海が見えたんだけど、俺は……海に憧《あこが》れがあって、初めて見る時は常盤と一緒にって、思ってたから」

「そうか」

「うん」

夢は、一応叶《かな》った。思い通りになった。

昨夜初めて海に出て、船のスカイラウンジから常盤と一緒に海を眺めた。

言葉にできないほどの喜びを今は語れないけれど、常盤には伝わっているだろう。

「蕾、常盤さんはきっと戻ってくるよ。今も龍神様の体の中でもがいてるかもしれない。あの人タフだし、乗っ取られたくらいで消えない」

「楓雅さん……」

「契状を破棄すれば龍神様はそう長く居座らないんじゃないかな、飽きっぽいし。それで龍神様が天神界に帰ってくれたら、常盤さんの体は元の持ち主に返されるって信じてる。無責任なこと言うようだけど、本気でそう思うんだ」

「うん、ありがとう」

楓雅の斜め後ろで、常盤が皮肉っぽく笑っていた。

常盤の体が乗っ取られたばかりの頃、薔も楓雅と同じく、常盤の魂は常盤の体の中で眠っている可能性が高いと思っていた。

実際は違ったが、いずれにしても常盤が非常にタフなのは間違いない。

竜虎隊員と同じく、おそらく誰もが彼の復活を信じている。

それは、よくよく考えたら途轍《とてつ》もなく凄いことだ。

幼い頃から信仰している神が「消滅した」と断言しているのに、この島にいる全員が、神に逆らっている。神の言葉を疑い、常盤を信じている。

誰もが常盤という男を知っているから、肉体が生きている以上、魂も必ず生きていると信じている。

――常盤は、乗っ取られた直後から俺の近くにいてくれた。命懸けで会いにきて、俺に知恵を与えて、今もまた、楓雅さんを隠れ蓑《かくれみの》にしながら俺と星を見てる。すべてはきっと、常盤の望み通りになる。

近くにいても、身を寄せ合うことはできない。

手を繋ぐことも軽く触れることもできず、交わす言葉を慎重に選ばなければならない。

視線を常盤以外のところに向けて、単なる友人の振りをするのが鉄則だ。

最早《もはや》、誰に咎《とが》められる関係でもないのに、恋人として振る舞えないのはつらい。

つらいけれど、それ以上の幸福がここにはある。

常盤の魂が無事だということ。皆が皆、常盤の無事を願い、信じていてくれること——

それは薔だけではなく常盤にとっても、きっと大きな力になる。

「楓雅さん、目の方は……平気なのか？　星、見えてる？」

常盤を見つめるわけにいかなかった薔は、夜空を見上げる楓雅に目を向けた。

端整な横顔を見つめ、眼鏡を注視する。

レンズ越しの輪郭の歪《ゆが》みはそれほどなく、失明の危機に晒《さら》されていると知った今でも、見た目にはわからなかった。

「大丈夫、ちゃんと見えてるよ。星座図を描いてみせようか？」

楓雅はそう言いながら空を指差し、「カシオペア座なんかもう、物凄《ものすご》くくっきり見えるぜ。ほら合ってるだろ？」と指揮者のように手首を振った。

確かに合っていたが、明るく見つけやすいものを示されても説得力に欠ける。

かといって、「みずがめ座は見えてる？」と暗い星々について訊《き》くのは気が引けた。

「龍神様と一緒に旅してるせいかな、昨日も今日も目の調子がよくて」

「ほんとに？　それならよかった」

「山歩きしてるのに調子悪かったら困るもんな。しかもさ、苔《こけ》とかで滑って転びかけてもどうにかバランス取れたりして、誰も怪我してないんだよな。有毒植物でかぶれることもなく、スズメバチやマムシに遭遇することもなかったし……こっちのテントの七人全員、蚊にも刺されてないことがさっき判明」

「え、あ、そうか、それって凄いことだよな」

「ああ、相当凄いことだと思う。もちろん本部の人が万全に整えてくれたおかげだけど、いきなり決まったにしては怪我もないし運もよくて、ほとんど奇跡と言ってもいいんじゃないかな？　アウトドア好きで山歩きに慣れてるのは業平《なりひら》さんだけだし、俺を含めて初心者だらけなのに」

「そういうの聞くと、やっぱり期待したくなる。現代の医学でどうにもならないものも、龍神様ならなんとかしてくれるって」

「だな」と笑った楓雅は、薔の隣に立って北の方角に目を向ける。

　これまで歩いた道のりが、星空の下に黒い稜線《りょうせん》を描いていた。

　龍神の意向で何度も休憩を取ったのであまり進んでいない気がしたが、こうして見ると喜多美村《きたみむら》は遥《はる》か遠くだ。

「楓雅さん、スタート地点であの辺りだよな？　俺達こんなに歩いてたんだ？」

「凄いよな、それなりに丘陵地もあったのに、ほんと頑張ったよ」

一番大変だったはずの楓雅に、薔は肩を引き寄せられて頭をくしゃりと撫《な》でられる。

褒めてもらうつもりなどまったくなかったので面食らった。

常盤の前で、という焦りも多少ある。楓雅から見れば、『弟の友人』かつ『常盤の弟』の剣蘭が見ているというだけなので、兄弟としてのスキンシップを控える必要がない。

「いや、俺は全然……色々やってもらってばかりだったけど、楓雅さんは特に……荷物も多かったし龍神様から色々言われるし、リーダーの立場だから大変だったよな」

ありがとう、お疲れ様――と言いたかったが、それは自分のために働いてくれた人への上から目線の労《ねぎら》いに思えて、なんだか違う気がした。

薔は楓雅の腕から逃げつつ、「楓雅さんがすぐ後ろを歩いてくれたから、安心だった」と礼を言う。

「それならよかった。薔や龍神様が滑って転んだら支えなきゃと思って真後ろにいたんだけど、まったく必要なかったよな」

「運がいいから転ばないのかも」

「どうかなー、やっぱり身体能力あってのものだろ」

軽く笑う楓雅の隣で、薔は常盤の視線を感じていた。

龍神は『剣蘭は薔に懸想している』と認識しているため、剣蘭を装う常盤が薔を見つめていても問題はない。

それに応じられないことはつらかったが、安全な状況で常盤の視線を感じていられるのは、申し訳ないほど嬉しかった。

「あの、楓雅さん……椿さんは？」

可愛《かわい》がりたがる手を振《ふ》り解《ほど》いた手前、何かフォローを入れなければと思うと、椿の名がするりと出てくる。温泉の件もあり、棘《とげ》だらけでカチカチだった椿の存在が、自分の中で少し柔らかくなった気がした。

「椿さん相当疲れてたみたいで、今夜は即落ち。こっちのテントで一番くらい早く寝たんじゃないかな」

そう語る楓雅は、とてもリラックスして安心した様子だった。

今夜は、と言っている以上、昨夜の椿は寝つきがよくなかったのかもしれない。

「昨日は船の上だから眠れなかったのかな？」

「うーん、そうだな……龍神様に『夢見月《ゆめみづき》』なんて呼ばれたあとだし、夢を見たくない気持ちもあったのかも」

「そっか、前世のことを夢に見るんじゃや、どっちが現実でどっちが夢か混乱しそうだな」

薔の推測に、楓雅は「うん、きついと思う」と呟《つぶや》いた。

楓雅は椿について他者に多くを語りはしない。椿もまた、楓雅に前世のすべてを語っているわけではなく、「夢見月」という呼び名すら教えていなかった。

それでもきっと、二人にしかわからない苦しみがあるのだろう。

前世の記憶を持ち、それを夢に見てしまう椿の苦悩について考えると、きららかな星に目が行かなくなった。

――前世の俺は、血の繋がった兄だった常盤のことが好きで……でも常盤は、弟に手を出すわけにはいかなくて、他の人のところに通ってた。主に夢見月さんのところに通ってたんだ。そんなことを聞かされただけでも物凄く嫌な気分になるのに、想像するだけじゃなく実際に記憶があったら、俺はきっと耐えられない。夢見月さんを憎むあまり、生まれ変わりの椿さんに八つ当たりしたかもしれない。

過去と今は違うとしても、記憶があったら別人として割りきるのは難しくなるはずだ。

前世の記憶を持つ椿が、自分に敵意を抱く気持ちもわからなくはない。

常盤も薔も何も思いださず、今ある人生だけを生きているのに、椿は夢見という能力があるために独りだけ二つの人生を突きつけられたのだ。

時に今の自分を見失い、心のバランスを崩すのも無理はないと思えた。

「明日は早いし、そろそろ寝ないとな」

楓雅は薔の背中を軽く叩《たた》いて、「起こしてごめんな」と笑った。

元々起きていたうえに、薔のいるテントを訪ねようと言いだしたのは常盤のはずだが、何故《なぜ》か楓雅が謝っている。

「起きてたし、星……楓雅さん達と一緒に見られてよかった」

薔はケープのように巻かれていた膝掛けをくるくると逆回転させ、楓雅に返した。

楓雅が本当に謝りたいのは、椿が暴走して偽悪的な振る舞いをしていた件じゃないかと思ったが、訊けるはずもなかった。

楓雅としては、恋人的存在だからといって自分が謝るのは差し出がましいと思ったり、かつて椿のことを慕っていた剣蘭の存在が気になったりして、言いたいことを言えないのかもしれない。椿の行いに関して、今生で深くかかわっている自分にも責任があると、楓雅なら思っていそうだ。

「薔、テントに戻って、もし龍神様が起きてたら真っ先に俺の名前を出すんだぞ」

「うん、わかってる」

「嘘《うそ》はよくないから、ちゃんと剣蘭の名前も出して、ありのままに報告した方がいい」

「わかった、そうする」

膝掛けがなくなったせいか肩や背中が急に冷え、楓雅や常盤も寒いんじゃないかと気になった。三人で星を眺めるのはもう終わり、また離れ離れになるのだと思うと、体以上に胸の中がひんやりする。

なんでもいいから話を振って時間を引き延ばしたい気持ちと、寒い場所に引き留めてはいけないという理性がぶつかり合った。常盤とはほとんど話していないし、まだ離れたくない。龍神のところに戻りたくない。あと少しでいいから一緒にいたい。

「楓雅さん、明日は五時起きですよね」

そう切りだしたのは常盤だった。

この時間を引き延ばすための質問なのか、単に就寝前に確認したくなっただけなのか、どちらなのかはわからない。

「そう、五時起床で五時半には全員が朝食を食べ始める感じで。龍神様が休憩を長めに取っても間に合うようにって考えると、それくらい早く動きださなきゃ駄目なんだ」

「間に合うように？」

鸚鵡返《おうむがえ》しに言ったのは常盤だったが、薔も楓雅の発言が気になった。明日の夕方には船に戻りたいという意味かもしれないが、なんとなくそれ以外の含みを感じる。

「明日の午前十一時二十三分までに必ず、鱗海村《りんかいむら》の崖《がけ》まで行きたい」

「……っ、潮の満ち引きが関係してるんですか？」

剣蘭の声で訊き返す常盤に、楓雅が頷《うなず》く。

「封隠窟《ふういんくつ》は、満潮の時でなければ探せないんだ」

答えは一瞬の迷いもなく、すんなりと差しだされた。

常盤が長年求めていた情報は、そのままさらに増えようとしている。

楓雅は、常盤と薔を交互に見ながら口を開いた。

「満潮或《あるい》いはそれに近いほど海面が上がった時、海蝕崖《かいしょくがい》に古くからある亀裂《きれつ》に海水が入り込む。その状態になって初めて、封隠窟を見つけることができるんだ」

常盤は剣蘭でいることを忘れたかのように、本来の彼らしい立ち方で固まっていた。

ずっと欲しかった情報は、常盤が予想していたものとは違ったのかもしれない。

常盤のことだから、島内を闇雲《やみくも》に歩き回るのではなく、七回それぞれ計画を立てて封隠窟を探していたはずだ。

教祖だけが手にできる鍵《かぎ》がなくても、封隠窟の場所さえわかれば、破壊して契状を手に入れられると踏んで繰り返し挑んできたと思われる。

「鱗海村の崖に着いたら皆に説明するけど、この島の最東端に当たる崖には、浅い洞窟《どうくつ》が十八ヵ所もある。どれも火山の噴火によって形成されたもので、なんの変哲もなく似たり寄ったりらしい。でも一つだけ、満潮で海蝕崖に水が入り込んだ時だけ、水音が反響する洞窟があるんだ。それはまるで、龍の咆哮《ほうこう》のように聞こえるらしい」

「龍の、咆哮？」

何か思い当たることがあったのか、常盤は「そうか、だから蒲牢島《ほろうじま》なのか」と、剣蘭の振りを忘れ、やや威圧的な常盤の口調で楓雅に迫った。

「ああ、蒲牢島の名前の由来は、島の形が龍の顔に似てるからってことになってるけど、本当はそれだけじゃない。吼《ほ》えるを好む蒲牢の声が響く洞窟があるから、蒲牢島なんだ」

楓雅の言葉を最後まで聞くや否や、常盤は向かうべき最東端を睨《にら》み据える。

おそらく、今すぐにでも行きたいのだ。

長い間ずっと求めていた答えを聞いて、どうして悠長に朝を待てるだろうか。

「早く行きたいよな……俺もそうしたい。でも行ったところで今はまだわからないんだ。今夜の満潮はもう過ぎてるから」

逸《はや》る気持ちとは裏腹に、洞窟を見つける条件は厳しい。

満潮時のみということは、一日に二回しかチャンスがないということだ。

十八ヵ所の洞窟の一つに目印をつければ、侵入者に暴かれる危険があり、龍神自身にも知られかねない。

教団本部で、楓雅が龍神に対して「伝えられている情報はとても曖昧《あいまい》なもので、言葉でお伝えしたところで本当に行き着けるのかわかりません」と言ったのは、同行するための詭弁《きべん》でもなんでもなく、事実だったのだ。

満潮時にその場にいなければ、情報の継承者である楓雅ですらわからない。

「ここから鱗海村までは登りになるけど、順調に行けば三時間かからない。龍神様がまた過剰に休憩を求めるようなら、今の話をしようと思ってる。あの方は特に急いでないから

『次の満潮時でいい』と仰《おっしゃ》るかもしれないけど」

「次って、次って明日の夜だろ？　そんなの駄目だ、もっと早くしないと」

常盤の気持ちを酌み、薔は声を上げた。

しかし楓雅になんとかしてほしいわけではない。

龍神がこうと決めたら、楓雅が変えるのは難しい。宥《なだ》めるなりなんなりして、予定通り村に到着できるよう急がせるのは神子の役目だ。

遅くとも明日の午前十一時二十三分までに、十八ヵ所の洞窟に各員を配置できる態勢に持っていかなければならない。

「楓雅さん、洞窟は十八ヵ所で人は九人だから……一人が二つの洞窟を担当して、吼える洞窟を同時に探すってことだよな？」

「ああ、そういうことになる。十八ヵ所の洞窟の位置は地図には載ってないけど、約一万二千坪の海岸広場に点在してると伝えられてるんだ。野球場三つ分くらいの広さだ」

「野球場三つ分……九人ならまあ、なんとかなるくらいかな？」

「九人いても実際には八グループだけどな。龍神様は薔と一緒にいたいだろうし走るのも嫌だと思うから、二人で中央辺りの一ヵ所だけ担当してもらう。で、椿さんと橘嵩《きったか》さんと笹帆《ささほ》さんと茜が二ヵ所ずつ、俺と業平さんと剣蘭が三ヵ所ずつ担当して、合計十八ヵ所を一気に確認するってことでどうかな？」

「そっか、八グループ……それでなんとかしなきゃいけないのか」

「もし全部を回れなかった場合は無音だった洞窟を除き、明日の夜の満潮時に手分けして調べるってことで」

場合によっては明日の夜にならないとわからない可能性があると思うと、常盤と同じく蕾も今すぐ東に向かいたくなる。

洞窟の場所が地図に載っていない以上、できる限り早く現地に向かった方がいい。誰がどことどこを担当するのか明確にしておく必要がある。なるべくなら数ヵ所を行き来するテストもしておくべきだと思った。

「因《ちな》みに吼える洞窟の件……心当たりがないか椿さんに訊いてみたけど、前世らしき夢に洞窟は出てこないらしい。そもそも当時は島の名前も違ったそうで、吼える洞窟は噴火によってあとから出来たんだと思う。もしくは、夢見月さんが生きてた時代には、存在はしても認知されてなかったのかもしれない」

「楓雅さん、ちょっといいですか？」

しばらく黙っていた常盤は、授業を受けている生徒のような顔で楓雅の前に進みでる。

「俺、実は常盤様から探索の話を聞いています。本当は秘密の話なんですけど、いまさら黙っていても仕方がないので聞いてもらえますか？」

常盤は剣蘭として楓雅に問いかけ、楓雅は「もちろん」と答えた。

つい先ほどまで肌寒い気がしていた薔は、今はもう、そんなものはまるで感じられなくなっていた。どきどきと胸が高鳴り、むしろ汗を掻《か》きそうなくらいの熱を感じる。

「常盤様は十八ヵ所の洞窟をすべて、金属探知機などを使用しつつ調べたそうです。見た目からして怪しげなこともあり、洞窟に関しては同じ所を二回ずつ調べたと聞いてます」

「二回ずつ？」

「はい。潮の満ち引きを気にしない探索しかしていなかったと思いますが、全部二回ずつ調べたそうです。地図を見せてもらって位置を憶《おぼ》えているので、楓雅さんの地図に洞窟の位置を描き込めます。記憶頼りなので多少の誤差は出るかもしれませんが、ナンバリングして事前に誰がどこを担当するか決めておくことができれば、お役に立てるかと」

何かせずにはいられない常盤の言葉に、楓雅は驚きの表情を見せる。

そうしてすぐに晴れやかな笑みを浮かべた。

「本当に？　それ凄く助かるな。教団本部にも南条《なんじょう》家にも蒲牢島の詳しい地図はなくて、俺が使ってるのが……あれでも一番詳しいくらいなんだ。常盤さんは自分の足を使って、洞窟の位置まで描き込んだ独自の地図を作ってたんだな」

「はい。目印になる廃墟《はいきょ》や木の位置も頭に叩き込んであるので、俺に任せてください」

常盤の提案を疑うことなく受け入れた楓雅は、「ありがとう！　それ早速お願いしていいかな？　今夜中に書けそう？」と飛びつかんばかりの勢いだった。

テントに戻る流れになった二人と共に、薔も自分のテントに足を向ける。

「薔、おやすみ」

「おやすみなさい。剣蘭、また明日。地図の加筆、頑張ってな」

「ああ、おやすみ」

楓雅は常盤の背中を、そうとは知らずに触れていそいそと歩いていった。

彼らは薔がテントに入るまで隣のテントの入り口で見守っていてくれたが、別れるのはやはりつらい。封隠窟の在《あ》り処《か》が具体的になってきた興奮とは別に、一緒になって地図を覗《のぞ》き込む作業に交ざれないのが淋《さみ》しかった。

——よかった、ぐっすり寝てる。

ソーラーライトが橙《だいだい》色《いろ》に光るテントの中で、龍神は薔の抜け殻を抱いていた。

ファスナーを開いたままの寝袋はぐしゃぐしゃで、すぐには滑り込めない状態だ。

エアーベッドの縁に腰を下ろすと、ぽよんと反動が返ってきて全体が揺れる。

思った以上の揺れだったので焦ったが、龍神は寝返り一つ打たずに熟睡していた。

当然だが、常盤の顔をしているのでただ寝ているだけでも絵になっている。

しかも神には恐れるものがない。中身が本物ならどれだけ幸せを感じるか想像できないくらい、穏やかで安心しきった寝顔だった。

「おやすみなさい」

憎みたくても憎みきれない神に、そっと声をかける。

寝袋をどうにか取り返して体を滑り込ませ、ファスナーを走らせた。

隣のテントの中では、常盤が楓雅の地図に手を加えているだろう。洞窟に番号を振り、どこに誰を配置するか相談し合っているかもしれない。

そこに交ざって、「足には自信がある。俺も二ヵ所回る」と言えない今の状況に疎外感と苛立《いらだ》ちを覚えた。他の人が二ヵ所から三ヵ所を大急ぎで回っている時に、自分は足を使うこともなく、龍神と共に一つの洞窟を確認するだけだ。姫と呼ばれている椿よりもお姫様扱いの自分が嫌で、いっそ代わってほしくなる。

——駄目だ……常盤の体なんだから、俺が見てないと。走ってあちこち回れなくても、俺には俺の、大事な役目がある。龍神様が機嫌を損ねないように……過剰に休まないよう宥めすかして、なるべく早く鱗海村の海岸広場に連れていく。それは、常盤にも楓雅さんにもできない、俺の役目だ。

本意ではないけれど、今は自分ができることを精いっぱいやろうと思った。

そうすることできっと、病に苦しむ榊《さかき》と楓雅の役に立てる。

そして、常盤奪還に近づける。

9

朝風呂《あさぶろ》に入りたいという龍神《りゅうじん》の意向を酌みながらも、一行は満潮を迎える数分前に海岸広場に到着した。ここは蒲牢島《ほろうじま》の最東端に当たる鱗海村《りんかいむら》の一部だ。

常盤《ときわ》が地図に描いた洞窟《どうくつ》の位置は精度が高く、人員の配置に手間取ることはなかった。誰がどこを、どの順番で回るか事前に決めてあったので、時間的にはぎりぎりでテストこそできなかったものの、不安なスタートではない。

吼《ほ》える洞窟を見つけた者は、大声を上げて他の者に伝えることになっていた。洞窟が吼えるのは満潮時とその前後のみという時間制限こそあるものの、封隠窟《ふういんくつ》の扉を開けるタイミングに潮位は無関係なので、特定さえすればあとは余裕がある。

「吼える洞窟とは、なかなか面白いものを見つけたものだな。他の洞窟まで歩くのが面倒故、ここが当たりならばよいが」

「龍神様自身にかかわることだから、運気を上げてもどうにもならないんですよね？」

「うむ、そういうことになる。天候や旅の安全くらいはどうにかできるが、契状を見つけようと考えると力が出せぬ」

「安全が確保されてるだけで十分です。この先もよろしくお願いします」

十八ヵ所ある洞窟の一つ、常盤によって九番と定められた洞窟の中へ、薔《しょう》は足を進めていく。

全体の中央に位置する九番の洞窟は他のメンバーのスタート地点でもあり、入り口には全員の荷物が置かれている。

アウトドアが趣味の一つという業平《なりひら》は、「見張りがいないと猿に盗まれます」と心配していたが、龍神が「そんな災厄が降りかかるわけがなかろう。私の力を侮っているのか」と言ったので、何も悪くない業平は土下座して謝る破目になった。

薔が「龍神様、業平さんは常識的な心配をしてくれただけです。龍神様が齎《もたら》す幸運は非常識なくらい凄《すご》いってことです」と宥《なだ》めなければ、業平に何かしそうなくらい臍《へそ》を曲げていたのだ。薔の感覚では、とても逆鱗《げきりん》に触れるとは思えない些細《ささい》な出来事に思えたので、やはり油断してはならないと思い知らされた。

「ここ、浅い洞窟でよかったです。深いと真っ暗になりそうだし、蝙蝠《こうもり》とか蛇とか虫とか色々いそうで」

「ほう、そういったものが怖いのか？」

「いいえ、怖いっていうか、見たくないというか」

薔は蓄電式のカンテラを手に、龍神と並んで九番目の洞窟を進む。

時刻は午前十一時十八分、満潮の五分前だ。

推定だが、洞窟が吼えるのは数分間で、厳密に満潮に達しなくても前後数分の間に音が聞こえると考えられる。海蝕崖《かいしょくがい》の亀裂《きれつ》に水が流れ込んで洞窟の下に回り、それが渦巻いてゴオゴオと鳴り響くのだ。

「何も聞こえぬようだな」

「そうですね。今、十九分になりました」

「満潮まであと四分か」と龍神は薔の腕時計を覗《のぞ》き込《こ》む。

コンパスなど機能の多い腕時計には、盤面を照らすライトの他に非常用ビームライトも付いていて、今はそれも使っている。

洞窟は西から東に向かう形で、高さは三メートル程度、奥行きは約十メートルあった。太陽が真上に近い今、陽射《ひざ》しは入り口付近にしか届かない。龍神と薔がそれぞれ持っているカンテラと、薔の腕時計のビームライトの助けが必要だ。

「二十分になりました。全然聞こえないですね」

「そうだな」と龍神が呟《つぶや》き、二人は洞窟の最奥に行き着く。

奥にあったのは人の頭ほどの大きさの黒い岩石の山で、特に変わった様子はなかった。やや湿度が高く水溜《みずた》まりがあるものの、気になる点は見つからない。

少なくとも薔の目には、人の手が加えられていない自然物ばかりに見えた。封隠窟に目印など残してはいけないのだから、見た目ではわからなくて当然だ。

あとは時計と睨《にら》めっこしながら、耳を澄ませて待つしかない。

「俺と龍神様はここだけだから楽ですけど、他の皆は大変ですよね。特に三ヵ所担当する楓雅《ふうが》さんと業平さんと剣蘭《けんらん》は、体力だけじゃなく判断力も必要になるし」

「判断力か、どこで見切りをつけるかということだな」

「はい。満潮の数分前には一つ目に見切りをつけて二つ目に移動して、そこでも音がしなければダッシュで三つ目に行かなきゃいけないわけですから。せめて、全員二ヵ所ずつで済んだらよかったんですけど」

当たり前に一ヵ所しか担当せず、しかも「薔が一緒でなければ嫌だ」と予想通りの主張をした龍神に対し、薔は抗議めいた愚痴を言ってみる。

おそらくもう、三人は一ヵ所目に見切りをつけて次に向かっているだろう。

楓雅は、「三ヵ所目でも駄目だったら念のため一ヵ所目に戻ってみる」と言っていた。

それまでにアタリが出ればいいが、場合によっては制限時間内に猛ダッシュを繰り返すことになる。しかもこんな、水溜まりがあって暗い洞窟を出たり入ったりするのだ。

「誰も怪我《けが》をしないように、どうか祈っていてください」

「私が祈るのではない。お前が祈り、私が叶《かな》えるのだ」

「そうでした、すみません。なんか、人間の姿をしてると信仰対象って感じがしなくて。一緒に祈ってもらいたくなりました」

「他の誰に祈るというのやら。私以外にお前達を見守ってやる神などいないぞ。だが私が神であることを忘れているのはよい傾向と言えるな。あまり尊ぶと恋愛は進展しないものだろう？　理想の姿を持つ一人の男として見た方が、恋心も肉欲も湧《わ》きそうだ」

「はい、そうですね」

植えつけられた信心はあっても尊ぶことはないので御安心を――と密《ひそ》やかに思いつつ、薔はカンテラを床に置いて手を合わせる。

祈れと言われたので、龍神の方を向きながら祈った。

なるべく早く誰かがアタリに行き着いて、「ありました、ここです！」と、洞窟の番号と共に叫んでくれたらいい。

もちろん九番目のここでもいいのだ。

あと数秒後に、ゴオゴオと鳴りだしてくれないだろうか。

「あった！　ありました！　八番でーす！」

嬉々《きき》とした茜《あかね》の声が、静まり返った洞窟の奥に届く。

薔は顔を上げ、龍神と目を見合わせてから外へと急いだ。

九番の洞窟から出ると、火成岩と草だらけの海岸広場に人が点在しているのが見える。

移動中だったらしい楓雅や常盤は行動が速く、見る見るうちに茜がいる洞窟に向かって駆けてきた。

「茜、八番が吼える洞窟だったのか⁉」

ぴょんぴょんと飛び跳ねながら「一発でアタリでしたーっ」と喜んでいる茜は、薔が近づくなり抱きついてくる。

「薔っ、やっと俺のターンだよ！　アタリ引いた、褒めて！」

ぎゅっと抱き締められた薔は、龍神の視線に構わず「偉いっ、凄い！」と求められるまま茜を褒めて抱き返す。

罪悪感がないせいもあるが、茜との抱擁は許される確信があった。

特に今は、龍神にとっても目出度《めでた》い瞬間だ。

「薔、早く早くっ、終わる前に確認して！　龍神様も御一緒に！」

茜に腕を引かれ、薔は龍神と共に八番の洞窟に転がり込む。

隣の洞窟にいた薔と龍神が最も早かったが、楓雅や常盤もすぐに到着し、椿《つばき》と橘嵩《きったか》がそれに続いた。音を確認するため、次々と八番の洞窟に入る。

「……あ、ほんとだ、吼えてる」

中に入ったからといって、すぐに聞こえるわけではなかった。

最奥に近づいて初めて聞こえてくる。

「岩に耳を寄せるとよく聞こえるみたい」と茜が言ったので、龍神も含めて全員が岩肌に耳を近づけた。

右手を丸めて紙コップ代わりにした薔は、驚くほど明瞭《めいりょう》な水音を聞く。

海水が発する音だと知ったうえで聞くと水音以外の何物でもない気がしたが、龍の咆哮《ほうこう》だと言われれば、そう思えなくもない響きではある。

「楓雅さん、この洞窟を掘り進めればいいんですか？」

肝心なことを尋ねたのは常盤で、多少なりと興奮はあるはずだったが、剣蘭としての演技を忘れてはいなかった。龍神の目があるので当然だが、立ち方から表情まで、本物の剣蘭に寄せている。

「どうなのだ、楓雅」

常盤の問いに何故《なぜ》か即答しなかった楓雅は、龍神の問いにもすぐに答えなかった。

遅れて到着した笹帆《ささほ》や業平に顔を向け、洞窟に入ってこようとする彼らを止める口調で「一旦《いったん》ここを出ましょう」と声を張る。

「楓雅、それはどういうことだ？」

空気を読んだのか、笹帆と業平は入り口で足を止めた。

龍神に再度問われた楓雅は、その場で「すみません」と一礼する。

「俺が継承した情報には続きがあって、『吼える洞窟から最も近い洞窟を進め』なんです。つまり、本当のアタリは九番です」

「えっ、嘘《うそ》ぉ！」

茜は一人だけ叫んで頭を抱えたが、他は全員しんと静まり返っていた。

九番の洞窟の前が荷物置き場であり、全員のスタート地点だったので、龍神と薔が九番の担当だったことは誰もが知っている。

龍神と茜だけは気にしていないようだが、他の七人は薔を含めて全員、神が齎す運気を感じて息を呑《の》まずにはいられなかった。

楓雅と常盤が昨夜話し合って決めたこととはいえ、十八ヵ所もある中で、龍神と神子《みこ》の薔がアタリを引いたのだ。しかも二人は一ヵ所しか担当しておらず、確率は最も低い。

契状絡みで龍神は自らの運気を上げられないはずだが、どうしたって冥感《みょうかん》を得ずにはいられなかった。

「楓雅さん、九番の洞窟に行こう」

薔は龍神の目を常盤から逸《そ》らすべく、真っ先に声を上げる。

来た道を引き返して全員が八番の洞窟を出ると、太陽が一際眩《まぶ》しく感じられた。薄暗い洞窟から出たのだから当たり前だが、先ほどは慌てていて気づきもしなかった。

秋とはいえまだ十月だ。蒲牢島は東京の遥《はる》か南にある絶海の孤島で、晴れた日の昼時は暑い。

「洞窟を進むには、奥を塞《ふさ》ぐ岩石を一つずつ退《ど》かすしかないと思います。また業平さんと剣蘭が頼りだけど、俺と三人でやるってことで大丈夫かな？」

九番の洞窟の前に全員が集まり、楓雅の指示に従って役割分担をした。

大人数で作業ができるほど広くはないため、「任せてください」と力こぶを作る業平と、「大丈夫です、お手伝いします」と、ほんのわずかに気怠《けだる》さを匂《にお》わせた剣蘭らしい返事をする常盤が、洞窟の奥へと入っていく。

竜虎《りゅうこ》隊員の橘嵩と笹帆は日除《ひよ》け用のタープを一つ設置し、龍神と神子二人、そして茜のために、椅子《いす》や飲み物、菓子などを四人分用意した。それが終わると、照明係として楓雅達のあとを追う。

何かしら手伝おうにも、「全員入ると動きにくいし酸欠になりそうだから」と断られた蕾と茜は、椿と共に龍神を囲み、ただ待っていることしかできなかった。

「あ……龍神様、鍵《かぎ》はどうしたんですか？　封隠窟の入り口を開けるには、教祖様だけが手にできる鍵が必要なんですよね？」

タープの下で暑い暑いと言う龍神に、蕾は鍵を求め、椿は扇子を開いて風を送る。

疾《と》うにジャケットを脱いでいた龍神は、畳まれた黄色いそれを指差した。

「内ポケットに入っている。扉が見つかったら持っていくがよい。私も一緒に行くが」

「わかりました、用意しておきます」

蕾は龍神のジャケットを手にして、内ポケットのファスナーを開ける。探すまでもなく、丈夫そうな牛革のハードケースが出てきた。

厚みはさほどないものの、長さは薔の手に余るほどある。

確認のためにそっと開けてみると、濃い紫の天鵞絨《ビロード》に包まれた黄金の鍵が入っていた。

先は斧《おの》のような形をしていて、複雑な作りではない。教団の紋章が彫られていて翡翠《ひすい》が埋め込んであり、装飾ばかり凝っていた。

――これが、封隠窟の鍵……これでやっと、契状が手に入る。

この鍵がなくても封隠窟さえ見つければ、破壊してどうにかなると常盤は思っていた。

実際にそうなのかもしれないが、鍵はやはり特別な物だ。

常盤は予定よりも早く教祖の座に就き、これを手に入れた。封隠窟の場所を知ることも鍵を使って契状を手にすることも、常盤の正当な権利だ。

これでやっと、先に進める。

10

洞窟《どうくつ》の中で岩石を動かす作業をしながら、常盤《ときわ》は時を遡《さかのぼ》る妄想に囚《とら》われていた。

過ぎたことを悔やんでも何にもならないことはわかっているので、本当は無意味な後悔をしたくない。したくはないけれど、何度も入った洞窟で、今こうして汗を垂れ流していることが悔しかった。

いっそのこと、情報継承者以外は絶対に行き着けない場所だったらよかったのだ。七回も上陸して掠《かす》りもしない場所なら諦《あきら》めもつく。すでに二回調べ、ハズレと判断した場所にあったと知ると、攻めきれなかった自分に腹が立った。

自力で封隠窟《ふういんくつ》を見つけていたら、龍神《りゅうじん》と八十一《くくり》鱗教団の縁を切ることができたはずだ。教団本部の神子《みこ》は龍神を降ろせなくなり、神子も贔屓生《ひいきせい》も意味のないものになる。薔《しょう》を無理やり抱くことも神子にしてしまうこともなく、運命は大きく変わっていただろう。

「ありました！　石の扉です！」

業平《なりひら》の太い声が洞窟内に響き渡る。

人間一人の力でどうにか動かせる岩石を三人で手分けして取り除き、三十分ほど経《た》った時だった。最初とはすっかり見た目が変わった洞窟の奥に、石の扉の一部が現れる。

「やりましたね！　鍵穴《かぎあな》もあります！　橘嵩《きったか》、龍神様をお呼びしろ！」

教団が神の恩恵を失う結末を望んでいるわけはないのに、業平の声は、歓喜と達成感に満ちていた。

それは常盤も感じる。じめじめとした薄暗い洞窟で、人任せにせず自ら泥だらけになる日が来るとは思わなかったが、この瞬間に立ち会えたのはよかった。

薔が贔屓生になる前に探し当てられなかった後悔はあれども、望んでいた時をようやく迎えたのだ。

体を酷使して手足が重く、腕や腰が張っているうえに指先が痛い。塩辛い汗が目や舌を刺激して不快だが、口角が勝手に上がる。やっと、やっとここに辿《たど》り着《つ》いた。

「楓雅《ふうが》、穴掘り御苦労だったな」

橘嵩が龍神と薔と椿《つばき》を呼んできた。

洞窟が狭いので、業平と橘嵩と笹帆《ささほ》は場を譲り、外に出る。茜《あかね》は中を気にしていたが入ってくることはなく、竜虎《りゅうこ》隊員の三人と共に外で控えていた。

岩石を取り除かれて露《あらわ》になった石の扉の前には、龍神、薔、椿、楓雅の四人と、そのまま居残った常盤の五人がいる。

茜が洞窟に入ってくるならともかく、入ってこなかったため、常盤はどうするべきか迷った。

当然このまま扉が開くのを待ち、始祖竜花《たつはな》の契状を見たいが、今の自分は剣蘭《けんらん》だ。西王子《さいおうじ》家の次男であることは周知の事実でも、表向きは茜と同じ立場の贔屓生で、極力目立たないようにしなくてはいけない。

龍神が楓雅以外に労《ねぎら》いの言葉をかけなかったのは、業平と剣蘭の立場を尊重していない証拠であり、身を守るためには龍神の価値観に合わせた行動をするべきだ。

「あの、俺は、遠慮した方がいいですよね？」

待ちに待った瞬間に立ち会いたいが、剣蘭らしく振る舞わなければならないジレンマを抱えながら、常盤は誰にともなく訊《き》いた。

「いや、まだ力仕事あるかもしれないし、剣蘭には一応いてもらった方がいい気がする。業平さんは外に行っちゃったし」

剣蘭がここに残る正当性を主張したのは、ほかならぬ薔だった。

龍神は特に気にしていないようで、「好きにするがよい」と許可を出す。

その視線は灰色の石の扉に向かっていて、封隠窟を前にしてそれなりの感慨がある様子だった。

「じゃあ、開けます」

封隠窟の鍵《かぎ》を手にしていた薔が、二歩前に進む。

扉に付いていた小さな鍵穴に、装飾過多の黄金の鍵を差した。

鍵穴や蝶番《ちょうつがい》に使われているわずかな金属に、金属探知機が反応しなかったことを考えると苦々しい思いがする。見つけることさえできていたら、間違いなく扉を破壊していたはずだ。鍵などなくても、それは容易にできただろう。

その程度の物でしかないのに、見つけだせなかったことがつくづく悔やまれた。

しんと静まり返った洞窟に、金属が弾《はじ》ける音が大きく響く。

薔が「開いた！」と声を上げたが、言われるまでもなくわかる轟音《ごうおん》だった。

「扉、重そうだから俺がやるよ」

常盤は剣蘭としての役目を果たそうとして進みでる。

楓雅も前に出て、二人で扉を押し開けた。

ぐっと両手に力を入れて押すと同時に、ギィギィと軋《きし》む音が立つ。

扉は見た目通り重く、錆《さ》びているらしい蝶番に油を差したいくらいだった。

それでもなんとか二人で押し開けると、開かれた空間から嫌な臭《にお》いが漂ってくる。

木が腐ったような、鼻につんとくる饐《す》えた臭いだ。耐えられないほどのものではなく、有毒ガスのような危険性も感じなかったが、空気を入れ換えたくなる。

「なんかこう、古っぽい臭いだな。少し待った方がいいかも」

楓雅が眉《まゆ》を寄せつつ放った言葉に、龍神も薔も椿も従った。

足元に置かれていたカンテラを手にした常盤は、開かれた扉の向こうを照らしてみる。

「奥に階段がありますね。大人一人なんとか通れるくらいの幅みたいです。天井も低いし圧迫感凄《すご》いですけど、誰が行きますか？」

龍神の目があるので一言一言よく考えて、剣蘭らしく問いかけた。

薔が即座に「俺が行く！」と答えたが、常盤としてはその口を手で塞《ふさ》いで洞窟の外まで引《ひ》き摺《ず》っていきたいくらいだった。何がいるかわからない穴倉の奥に、薔を行かせられるわけがない。

「楓雅さんは目があまりよくないんですよね？　俺が行きましょうか？」

「ありがたいけど、危ないかも。蛇とかいるかもしれないし、俺が行くよ」

「そんなのいるならなおさら駄目です。俺、反射神経には自信ありますから」

剣蘭にしては出過ぎていないか、少し迷いはあったが申しでた。

常盤としては迷いがなく、元より封隠窟は、教祖になった自分が真っ先に入るべき場所だと思っている。

たとえ姿形は違っても、封隠窟の場所を知る権利と、鍵を得て扉を開ける権利を持ち、契状に触れられる唯一の人間——それは自分に他ならないのだから、リスクも当然、引き受けるべきだと思っていた。

「剣蘭、先頭に立って行くがよい。楓雅は剣蘭に続け」

龍神の許しを受け、常盤は開けた扉の向こうに足を踏み入れる。

空気の入れ換えは十分ではないものの、先ほどよりはだいぶましになっていた。

カンテラで足元を照らしながら、石を積んで造られた階段を下りていく。

すぐ後ろから楓雅がついて来て、「ゆっくりでいいから気をつけて。先に行かせてごめんな」と謝られた。「大丈夫です、こういう探検みたいなの憧《あこが》れていたので」と、尤《もっと》もらしいことを言っておく。

階段は最初の印象よりも長く続き、三十段まで下りてようやく終わりが見えてきた。

こんなに深く入り込むのは予想外で、閉所への恐怖症など特に持ってはいないものの、さすがに嫌な圧迫感を覚える。

何しろ天井が低く、背が高い者ほどきつい空間だ。本来の自分より剣蘭の方が低いのは幸いだったが、大柄な楓雅はさぞかし窮屈な思いをしていることだろう。

「楓雅さん！　剣蘭！　大丈夫か⁉」

上から薔の声が聞こえた。

まさかついて来てないよな……と、ひやりとしながら振り返ると、楓雅も後ろを振り返っていた。

「薔、大丈夫だ！　狭いから絶対来るなよ！」

楓雅が答えると、薔は「わかった！　気をつけて！」と声を響かせる。

鬼が出るか蛇《じゃ》が出るか先が見えない中で、薔の声は一服の清涼剤のようだった。

空気が淀《よど》んでいて、体中に汗が伝い、蒸し暑さと息苦しさに辟易《へきえき》したが、蕾といつでもやり取りできる状況に癒《い》やされる。

「先が開けましたね」

階段は四十一段で終わり、そこから左右に開けていた。

カンテラを翳《かざ》すと、思いがけず大きな部屋が見える。

そこには、木製の箱らしき物が山積みされていた。

「木が腐ったような臭いがすると思ったら、これだったんですね」

常盤は声が上まで響いていることを考え、龍神を意識しながら慎重に言葉を発する。

一方で、強く意識していなければ演技を忘れてしまいそうなほど、想像していなかった光景に目を奪われていた。

地下に造られた大きな部屋、教団の始祖竜花が龍神と交わした契状を保管し、封隠窟と呼ばれて長く隠されてきた部屋——そこにあったのは、朽ちかけた大量の千両箱だった。

11

楓雅《ふうが》と常盤《ときわ》が地下に行って数分後、心配であとを追いたくても追わせてもらえなかった薔《しょう》の元に、二人は戻ってきた。階段の上から一分ごとに声をかけては返事をもらっていたので無事はわかっていたが、実際に姿を見ると安心する。

しかしそれは一瞬のことで、二人の表情を見るなり目を疑った。

かける言葉を失ってしまい、気安く「どうだった?」と訊《き》くことはできなかった。

「契状は見つかったのか?」

無遠慮に問えるのは龍神《りゅうじん》だけで、椿《つばき》も薔と同様に唇を引き結んでいる。

楓雅と、剣蘭《けんらん》の姿の常盤が同時に顔を上げた。

カンテラの光があるとはいえ、掘り進めた洞窟《どうくつ》は暗く、顔色などよくわからない。

はっきりと見て取れるのは表情だけだが、それでも十二分に絶望感が伝わってきた。

口を開く前から、よくない状況だとわかる。契状を見つけなければ目的を果たせない二人にとって、望まない結果だったのだ。それも、これからの努力でどうにかできるようなことではない。もしも階段の下が地震や経年劣化などにより崩れていて、今すぐには進めない……といった事情なら、彼らはこんな顔はしないだろう。

教団本部に戻り、掘削のための準備をして人員を揃《そろ》え、出直せば済む話だ。

榊《さかき》の命が懸かっているとはいえ、一刻の猶予もないほど切羽詰まった状況ではない以上、彼らならすぐに頭を切り替えるはずだ。楓雅も常盤も、そう簡単にこんな――誰が見ても明らかなほど気落ちした顔などしない。そんな柔な男達ではない。

「階段の下に、かなり広めの地下室がありました。封隠窟《ふういんくつ》と呼ばれている部屋に、間違いないと思います」

自らの立場と責任を自覚して話し始める楓雅は、気を取り直そうと必死になっていた。真っ黒に汚れたシャツの胸元に手を当てて、ショックを受けた自分自身を宥《なだ》めるような仕草を取る。

「ただ、収められていたのは、契状ではありませんでした。すぐには数えきれないくらい大量の千両箱と、茶箱で……千両箱には小判金が、茶箱には金塊が収められていました。きちんと調べてみないとわかりませんが、時価数千億円は下らない量だと思います。始祖の竜花《たつはな》様か、二代目以降の教祖様が遺《のこ》した……教団の隠し財産ではないかと」

そこまで話した楓雅は、龍神の顔を真っ直《ま》ぐ《す》に見た。

その唇が絶望の理由をさらに語ろうとしていることを、薔は続きを聞く前から察する。

それくらい色濃く、これまで一度だって見たことがないほどに、希望を失った目をしていたからだ。

「壁に木の札が、かけられていて、そこに、『契状を探すべからず』と彫られていました。封隠窟に契状が収められているというのは嘘《うそ》で、ここにはないんだと思います」

精根尽きてくたくたの体から、無理やり絞りだしたような声だった。

これからどうしていいかわからない楓雅の声は、自信がなく不安定で、掠《かす》れている。

楓雅の声でありながらも別人の声のように脆《もろ》く、張りがなかった。

──お金なんて、いくらあったって……。

誰もそんな物は求めていない。

財力ではどうにもできないことを、どうにかしたくて契状を求めてきたのだ。

金で解決できることなら疾《と》うにどうにかしている。榊の命を脅《おびや》かす病も、楓雅の視力を奪う病も、そんなものではどうにもならないから、神異に救いを求めたのだ。

契状を破棄して龍神に自由を与えれば、代わりに得られるはずだった。

神だけが与えられる奇跡を、起こしてもらえる約束だった。

「夢見月《ゆめみづき》、竜花は契状をどこに隠したのだ？」

誰もが言葉を失う中で、龍神は椿を睨《にら》む。

楓雅も常盤も、そして薔もまた、椿の顔を注視せずにはいられなかった。

龍神の口調は、お前なら何か知っているはずだと言わんばかりだった。椿を責めているようにしか聞こえない。

「龍神様、私は……っ、いえ、夢見月は、ご存じの通り、竜花様より先に死んでいます。教団設立時のことはもちろん、契状の存在すら知らないんです」

椿は困惑と共に焦燥を示し、無実を訴える。

その口から当たり前に竜花の名が出たことに、龍神以外の三人は同じ反応をした。この中で椿だけが前世の記憶を持ち、生きていた頃の竜花を知っている。これまで彼についで明言してこなかった椿が、勢い任せに確かに竜花の名を出したのだ。

「そうか、お前がお手上げだと言うならもう終《しま》いだな。これぱかりは私が力を尽くしても意味がない。自身を縛る契約に関しては、神ですらどうにもできないのだから」

一度は椿を睨みつけ、責めたように見えた龍神の顔は、瞬く間に熱を失う。

明らかに興醒《きょうざ》めして、すべてが面倒だと言わんばかりの気怠《けだる》げなものに変わっていた。

「私としては何も困らぬ故、このままでもよいのだ。人間としての生活に飽きた頃には、常盤の体が寿命を迎えるだろう。私は人として死に、自由の身になって天神界に帰れる。それまで十二分に人間生活を楽しむだけのこと」

「お待ちください。龍神様、その場合……楓雅様と榊様の病はどうなるのですか？」

「無論、このまま進行するだけだ。契状を破棄できない以上、楓雅や榊の病を治す義理はない。それが嫌なら思いだせ、考えろ。こういう時のためにお前を連れてきたのだ」

「──っ、龍神様……」

契状への執着を失ったかに見えた龍神は、しかしまだ諦《あきら》めきれずに腹を立てているようだった。ここまで来て見つからないことに落胆し、人の体で味わう疲労感にうんざりしているのが目に見えてわかる。

目的が達成できない虚《むな》しさや苛立《いらだ》ちは、薔もまた感じていた。

こんな気持ちを七回も味わった常盤の苦心を考えずにはいられない。

手掛かりがない中で封隠窟を探して探して、教祖になるしか手はないのだろうかと思い詰め、肩を落として島を去ったのだろうか。

「龍神様、一つだけ心当たりが……封隠窟も、契状も、夢見月の死後の話なので私が知る由《よし》もありませんが、竜花様が弟さんの遺骨を埋めた場所なら、こっそり見ていましたのでわかります。それは龍神様もご存じかと思いますが」

洞窟に反響する椿の声に、薔は耳を塞《ふさ》ぎたくなった。

知りたい気持ち以上に、聞くのが怖い。

龍神も椿も、こちらの覚悟ができていない時に不意打ちで過去を明かしてくる。

彼らにとっては既知のことで、然《さ》もないことのように思えるのかもしれないが、前世のことを何も知らず……それでいて当事者である薔にとっては、覚悟に覚悟を重ねてからでないと聞けない話だった。

——当事者、なのか？　俺は本当に……当事者なのか？

待ってくれとも言えず、詳しく話してくれとも言えない。

「とりあえず外に出ませんか？」という楓雅の言葉に救われる。

一時的な救いに過ぎないとしても、十秒でも二十秒でもいい、引き延ばしたかった。

常盤と自分の前世を知る前に、覚悟を決める時間が欲しい。

――椿さんが言ってる「竜花様の弟さん」は、竜花様や夢見月さんよりも先に死んだ。

体が弱く病気がちだったからか？　だから早く亡くなったのか？

椿が語っていた前世の薔は、病弱だったはずだ。

布団から起き上がることも儘《まま》ならなかったと聞いている。

――早死にした竜花様の弟と……前世の俺が同一人物なら、つまり、竜花様は……。

洞窟から出ると、南中の太陽が目の奥に刺さる。

あまりにも眩《まぶ》しくて、瞬《また》く間に頭痛が起きた。

ずきんと疼《うず》く痛みに顔を背けると、外で待っていた竜虎《りゅうこ》隊員らの声が聞こえてくる。

同時に、とても心配そうな声で「薔っ」と呼ばれた。

親友と呼べる大切な友人、茜《あかね》の声だ。今の自分は薔であり、西王子《さいおうじ》椿でもある。

茜の友人で、南条《なんじょう》家の榊や楓雅の弟で、龍神に選ばれた神子《みこ》だけれど、何よりもまず、常盤の弟だ。ただそれだけだ。それでもう十分だ。

前世の情報など要らない。病気がちだったとか、遺骨がどこに埋められたとか、そんなことは聞きたくない。ましてや常盤の前世である兄が、教団始祖の竜花で、陰間上がりの初代神子だなんて聞きたくもない。

常盤を穢《けが》されるくらいなら、前世で兄弟だったことも想《おも》い合っていたことも、全部嘘でいい。前世なんて要らない。今この世界で、今生で、初めて生まれ出《い》で、初めて出会った新たな魂でありたい。

「竜花の家に行くぞ」

椿は続きを語らず、龍神が行き先を決めた。

楓雅は「それはどちらなんですか？」と訊きながら地図を開き、龍神は「鱗海村《りんかいむら》の西の果てだ」と答える。さらに、「地図など必要ない」とも言っていた。

竜虎隊員の三人と茜は、わけがわからないながらも迅速に動く。

「移動ですか、西に向かうんですね？」と、大急ぎでタープの下の荷物を掻《か》き集めた。

剣蘭の姿の常盤は、自分の前世が始祖の竜花だと断定されたも同然の状況で、それでも剣蘭として振る舞っていた。

本物の剣蘭だったらこんな時どんな顔をするのか、それは薔にもわからないが、常盤は目立つことをひたすら避け、黙って自分のリュックを引《ひ》っ摑《つか》む。

薔もリュックを背負った。

呼吸したり手足を動かしたりするだけで、いっぱいいっぱいだった。

肺を半分潰《つぶ》されたみたいに苦しい。何も言えないし、言いたくもない。

これ以上何も聞きたくない。考えたくない。

無心で、ただついていくしかないと思った。

これから、約三百年前に死んだ見ず知らずの人の墓に向かう。

常盤の肉体を取り戻し、榊と楓雅の病を治すために動くのだ。

目的だけは明確にわかっているのだから、余計なことは考えなくていい。過去のことをあれこれと知る必要はない。耳を傾けなくてもいいのだ。契状の在《あ》り処《か》を求め、鍵《かぎ》になるかもしれない人の墓に向かう。ただそれだけだ。

考えるなと念じれば念じるほどに、否定したいことが強く刻まれていく。

何事も儘ならず、耳にしてしまった言葉は消えてくれなかった。

「暑いですね」と誰かが言った。

照りつける太陽すらも、過去とリンクさせてしまう。

鱗海村の東に位置する海岸広場から西にある自宅まで、竜花も歩いたのだろうか。

ぎらぎらと肌を射《さ》す太陽を見て、彼も暑がったり汗を掻いたりしたのだろうか。

当たり前に生きて、この道を進んだのか。

この場所で、この土を踏んで、弟のいる家に帰ったのか。

常盤と同じ顔、同じ声で、「ただいま」と、優しく微笑《ほほえ》んだのだろうか——。

12

鮮やかな黄色いアウトドアジャケットをリュックに仕舞い、上は白い長袖《ながそで》シャツ一枚。「袖を捲《めく》ると虫に刺されて危険ですよ」と業平《なりひら》から止められていたが、龍神《りゅうじん》は言うことを聞かなかった。シャツを脱ぎ、黒いタンクトップ姿で歩いている。

裸になったとしても、彼は刺されたりしないのだろう。常盤《ときわ》の体を使っていても神なのだから、仮に刺されたところですぐに治せる。なんの問題もないのだ。

伸びずに足元に纏《まと》わりつく濃い影と共に、一行は竜花《たつはな》が住んでいた家に向かう。途中に竹の多い雑木林があり、木々の間に群生するシダを掻《か》き分《わ》けて進んだ。伐採されることのない緑は秋でも勢いがある。まるで濃い緑の海を泳ぐようだ。

腰の辺りまで埋まって足元がほとんど見えず、神の恩恵がなければ有毒な葉や虫や蛇にやられてしまいそうな道だった。

先頭を行く椿《つばき》は、龍神から「もっとましな道はなかったのか」「シダが腕に当たって痒《かゆ》い」「竹が邪魔で日が当たらない。体が冷えてきたではないか」と散々文句を言われながらも黙って進む。

薔《しょう》は龍神のすぐ後ろを歩き、彼がぼやくたびに内心では答えたり諌《いさ》めたりしていた。

しかし声を出す気力がない。手足は動くので、橘嵩《きったか》に預けていた龍神のシャツを受け取り、「ちゃんと着てください」とだけ、なんとか言葉をかけた。

黒いタンクトップから覗《のぞ》く常盤の背中。鍛え抜かれた筋肉や恵まれた骨格は、男以外の何物でもない。

程よく長く太い首から隆起した僧帽筋、肩甲骨や腕にかけての筋肉は頑健そのもので、雄獣の雰囲気すら醸しだしていた。

東洋的な肌は艶《つや》も張りもあって瑞々《みずみず》しいが、しかしすべては男の美しさだ。

常盤の体は、どこを取っても女と見紛《みまが》うようなものではない。

常盤が前世では陰間だったと考えるのは嫌で嫌で、それでいて椿や龍神の発言が頭から離れなかった。

常盤にも少年時代があり、際立った色香を持つ美少年だったことは知っている。学園の教育プログラムにより改竄《かいざん》された記憶の中で、彼は美しい母親にすり替わっていて、特に違和感を覚えていなかったくらいだ。あれほど綺麗《きれい》な少年だったのだから、生きる時代が違えば陰間茶屋で働いていてもおかしくはない。うら若い常盤がその気になれば、どんな男でも虜《とりこ》にできただろう。

何か事情があったのだろうし、あまり偏見を持つのはよくないとわかっている。理屈や理性ではわかっているけれど、どうしても嫌だった。たまらなく嫌だった。

常盤に、春を鬻《ひさ》ぐような真似《まね》は絶対にさせたくない。

すでに過去の話で、三百年も前に終わった話だとしても、受け入れ難《がた》い。

時間を遡《さかのぼ》って阻止しに行きたい。そんな過去は何がなんでも捻《ね》じ伏《ふ》せたい。

「竜花様のお家《うち》は、西に真《ま》っ直《す》ぐ進んだところ……あの小高い丘の上にありました。今は百合《ゆり》が咲いているだけで、ほとんど何も残っていないようですが」

以前はきちんとした道だったらしい竹だらけの雑木林を抜けると、しばらくは火山岩に覆われた広場が続く。

土がないおかげで植物による侵蝕《しんしょく》を避けられたようで、だいぶ歩きやすくなった。

ごつごつした黒い石は、下手に踏むと転倒しそうだったが、腰まであるシダ植物や、天まで聳《そび》えるような竹林に比べれば遥《はる》かにましだ。

――空が真っ青……雲一つない快晴。何もかもくっきりしてる。見え過ぎるくらいよく見えて、嫌になるほど現実的で、夢だと思いたくても思えない。

汗で肌に張りつくタンクトップやシャツ。ブゥンブゥンと音を立てながら耳の近くを通過する羽虫。首筋の汗を冷やす風と、その風が運んでくる百合の香り。全部が全部リアリティを持って、お前は今この場にいるのだと思い知らせてくる。

頬《ほお》を抓《つね》る代わりに唇を噛《か》んでみると、前歯が食い込んだ下唇がぎゅむっと潰《つぶ》れた。軽い痛みが走る。同時に汗が一滴、唇に触れた。舐《な》めると酷《ひど》く塩辛い。

「今は、百合の花が群生している辺り……あの辺りに、昔は椿の木があったんです。赤い椿がとても見事でした。竜花様から聞いた話によると、弟さんの部屋は庭に面していて、寝床から、空と海と花を見るのが好きだったそうです」

丘を登りきると、椿は最果てを指差した。

赤い椿は影も形もない。

思い描いてはみたものの、薔の記憶に蘇《よみがえ》るものはなかった。

「竜花様は弟さんを隠していたので、お顔を拝見したことはありませんが、とても綺麗で愛らしいと、よく自慢していらっしゃいました」

無限の空と水平線を望む丘の上は、大きな白百合《しらゆり》で埋め尽くされている。

他の草花も生い茂ってはいるものの、百合の存在感があまりにも強かった。

――空と海を一望できる、丘の上の家。常盤や俺が好みそうな景色だし、前世はここに住んでましたって言われると、ああそうなんだろうなって納得できる感じではある。何も思いだせないし、懐かしさも感じないけど……。

陰間だった竜花を常盤の前世として認めたくはなかったが、常盤と自分の家がここにあったと考えると、否定できないものがあった。なんとも言えない真実味を覚える。

ここから見える景色は、悠久の昔から何も変わっていないだろう。

空はずっとここにあり、海と丘にいくつもの表情を見せてきたのだ。

——俺は、ここから庭を見てたのか？

　庭に面した部屋があったと思われる場所に立ち、薔は体の弱い過去の自分を……健康な自分には想像がつかない病弱な人の目線を意識する。

　家の土台は辛《かろ》うじて残っていた。どこに部屋があったのか、どの辺りが廊下だったのか玄関だったのか、概《おおむ》ね察することができる。

　焼けて炭のようになった柱や屋根瓦《がわら》も散見し、火事に遭ったのがわかった。

　丘の上から見ると他の家の跡地も見える。どの家も焼け落ちたようだった。

　何しろ火山岩がすぐ近くまで広がっているのだから、三百年の間に大噴火が起きて燃え尽きても無理はない。

　大きな災害があったからこそ、ここは無人島になったのだろう。

「何か思いだしましたか？」

　椿が問うと、全員の視線が薔に集まった。

　特に前世絡みのことを知らない茜《あかね》や竜《りゅう》虎《こ》隊員が、狐《きつね》につままれたような顔をして答えを待っている。

　いったい何がどうなっているのか訊《き》きたくても訊けない様子の茜に、薔は「俺は前世でここに住んでたらしいけど、何も思いだせないんだ。今も全然」と説明した。

　勝手に首が動く。横に何度か振って強い否定を示した。

「薔の、前世？」

「うん、龍神様と椿さんがそう言ってるだけだけど」

俺は信じない。俺のことはともかく、常盤の前世が竜花様だったなんて、そんなことは絶対に、絶対に信じない――そう言いたいのをこらえると、いつの間にか握った拳《こぶし》に爪《つめ》が食い込んだ。

すべてを否定したかった。「絶対に違うし、信じない！」と叫びたかった。でもこれは、真実を知って間もない今だけの感情なのだろうか。これから何日もかけて受け入れれば、そのうち慣れて平気になるのだろうか。「常盤の前世は教団始祖の竜花様で、俺はその弟だったんだ」と、茜を始め、第三者にこともなげに話せるようになるのだろうか。

そんな日は来なくていいと思った。

永遠に来なくていい。絶対に来てほしくない。

「夢見月《ゆめみづき》……いや、姫、お前は竜花が弟の遺骨を埋めた場所を憶《おぼ》えているか？　私はこの庭のどこかだということ以外は忘れてしまった。もしお前が思いだせぬようなら天眼通で探してみるが、遺骨と共に契状が埋められているならば力は使えぬかもしれない」

龍神はかつて庭だった場所に立ち、椿に問う。

薔も椿も楓雅《ふうが》も茜も、竜虎隊員の三人も庭に集まった。

もちろん剣蘭《けんらん》の姿の常盤も、業平の大きな陰に隠れるようにして立っている。

九人全員が群生する百合の間に立ち、花を踏まないようにしていた。

人間とは違う価値観を持つ龍神ですら、美しい花を踏みつけたりはしない。

「ここに、埋めていました。空と海が見えるようにと、願ってのことだと思います。夢で何度も見ましたから、間違いありません」

椿は、かつて赤い椿の木があったと説明していた場所のさらに先に向かう。

危険なほど崖《がけ》の際に近いそこにも、百合が咲いていた。

墓があったのだと言われると、咲き誇る大きな百合が弔いの花に見えてくる。

「──ごめんなさい……おそらく、夢見月が……私が、殺したんです」

百合の墓の前で立ち止まった椿は、そう言うなり手を合わせた。

突然の告白に薔は耳を疑い、閉じられた白い瞼《まぶた》を凝視せずにはいられなかった。

前世の椿が、夢見月が、誰を殺したというのだろう。この場で告白しているのだから、殺した相手は埋められている骨の主に間違いないはずだが、俄《にわか》には信じられない。

早世した竜花の弟は、今の自分だ。この時代に生きる薔だ。椿は竜花の弟を殺したと、そう言っているのだろうか。本当なのだろうか。自分が前世で殺されたなんて……誰かに命を絶たれたなんて、考えてもみなかった。

「椿さん、それ、どういうことですか？」

「薔……」

合わせていた手を下ろし、椿がこちらを向く。声も睫毛《まつげ》も震えていた。

神子《みこ》同士ということもあり、この島に来てから行動を共にする機会が何度もあったが、こんなにまともに顔を見合わせたのは今が初めてだ。

優艶《ゆうえん》な美男を装っていた頃の彼とも、冷徹な本性を露《あらわ》にしてからの彼とも、まったく違う彼がいる。「殺したんです」と語った唇はきつく結ばれ、殺された側ではないかと思うほど苦しげに見えた。

「薔……いえ、薔様……ごめんなさい」

熱でも測るように、椿は片方の手を額に当てる。

隠しきれない涙が、小指が落とす影の下で光ってる。

「夢見月の人生の……終わりの方で、彼は貴方《あなた》を死に追いやった。でも私は、あれだけは悪い夢だと、思っていました。嫉妬《しっと》の念が生みだした、悪い夢だと」

「椿さん、殺したって、俺を？　前世の俺を、夢見月さんが殺したってことですか？」

そうに決まっていると思いながらも、改めて訊かずにはいられなかった。

自分は何か思い違いをしているかもしれない。他の答えがあるかもしれない。そうだといいのか悪いのか、それすらもわからないけれど、勝手に誤った判断をしてしまうことが怖かった。

知る以上は、本当のことを正確に知りたい。

「そうです。前世の私が、前世の貴方を殺したんです」

「それは、なんで、どうしてですか？　嫉妬の、念？」

「はい。嫉妬で……貴方を……っ、貴方は、竜花様に愛されていたから」

「だから殺したんですか？　俺が邪魔だったから？　前世の俺は布団から起き上がるのも大変なくらい体が弱かったんですよね？　それなのに殺したんですか？」

「薔、ちょっと待ってくれ。椿さんも薔も、少し落ち着いた方がいい。一旦《いったん》日陰に入って話そう。立ち話するようなことじゃないし、ちゃんと座って話そう」

　楓雅が割って入り、椿の上腕をやや強引な勢いで摑《つか》む。

　先輩であり想《おも》い人である椿に対して、楓雅はいつも遠慮していた。力任せな振る舞いをするのは彼らしくなかったが、そうした理由は薔にもわかる。

　椿の体は先ほどからふらつきがちで、爪先《つまさき》は崖に向かっていた。断崖絶壁《だんがいぜっぺき》までわずか数歩のところに立っているのだ。

　突然の告白に驚くよりも何よりも、楓雅には椿の身が心配で仕方なかったのだろう。殺したなどという衝撃的な告白の流れで、死んで償うなどと言って身投げでもしたらと思うと、いささか痛い思いをさせてでも摑まえておきたかったに違いない。

　椿が渾身《こんしん》の力を込めて抗《あらが》っても絶対に勝てそうにない太い腕に捕らわれたことで、薔の胸にも安堵《あんど》が生まれた。

これで何を訊いても、椿が崖から飛び降りるようなことにはならない。

こうなったらもう、白日の下にすべてを晒《さら》してもらおうと思った。

無遠慮に質問攻めにしてでも、真実を徹底的に追及したい。

「薔、夢見月が直接手を下したわけではないぞ」

まずは日陰に移動すべきか迷った薔に、龍神が淡々と話しかけてきた。

常盤の声ではあるが、まるで感情のない話し方だ。これ以上ないほど他人事《ひとごと》という語り口調で、「あれはそういった野蛮なことはしなかった」と続ける。

「龍神様は、何もかも知ってるんですね？」

「もちろん知っている。興味のないことは忘れがちだが、この件に関してはすべて憶えているぞ。夢見月は今生の椿とは違い、この島で絶大な権力を持っていたのだ。椿のように自らの手を汚さずとも、人一人の命くらいどうにでもできた」

「教えてください。龍神様の口から、本当のことを話してください」

薔は椿を楓雅に任せ、客観的事実を求めて龍神と向き合う。

おそらく他の誰もが驚いている中で、龍神の顔色は微塵《みじん》も変わっていなかった。

椿の告白は龍神にとっては既知の事実、いまさらの話なのだろう。まるで興味もなく、知っているからといって優越感もなさそうで、どちらかと言えば冷めていた。

「夢見月さんの権力って、夢見としての能力のことですよね？」

「如何《いか》にも。私とはなんの関《かか》わりもない龍神信仰があったこの島で、夢見月は夢見の力を受け継ぐ神子だった。そのお告げは島民にとっては絶対のもの。夢見月が『御神託が降りました』と言えば、老若男女を問わず人心を操ることができたのだ。求めてやまぬ竜花の心以外は、どうにでもできた」

「神子の立場を利用して、俺を、誰かに殺させたんですね？」

「そうだ、夢見月は嘘《うそ》の神託を信奉者に告げた。『あの子は島に害をなす者だ』と言って、前世のお前を殺すよう命じたのだ」

ここまで来ても、ここまで聞いても、何も思いだせないことが悔しかった。

常盤が陰間をしていた世界のことなど思いだしたくないけれど、助けることもできず、本当か嘘かもわからない話を突きつけられて謝られても納得できない。

自分は夢見月の信奉者の手で殺された。

それを知ったところで、具体的なイメージすら浮かばない。

首を絞められたのか、刀で斬《き》られたのか、それとも殴り殺されたのか。相手は男なのか女なのか、何一つわからない。

誰かに殺されるという恐ろしい体験を憶えていないのは幸せかもしれないが、前世とはいえ自分のことはすべて知りたい気持ちが弥増《いやま》す。

病弱だったと聞いていたので、病死したと思い込んでいたのだ。

そうではなく誰かに意図的に絶たれた人生なら、なおさら知りたくなる。道ならぬ恋に苦しんだだけではなく、死の瞬間も悲惨なものだったなんて――思いだしてあげなければ彼が気の毒な気がした。

「本来なら殺されて終わるはずだったが、私はその頃からお前を気に入っていたからな。なんとか救いたくて運気を上げてやった。その結果、お前は女衒《ぜげん》に売られたのだ」

「……女衒？　それって、遊女とかを、売り買いする職業のことですか？」

「その通りだ、よく知っているな。お前が攫《さら》われた時、都から女衒が来ていたのだ。兄によって常に隠されていたお前は、毛色の変わった華やかな美童だった。その姿を見て欲を出した男達の手で、お前は陰間として売られたのだ」

「陰間……俺、が？」

龍神の口から陰間という言葉が出たことに、薔は驚きを上回るものを感じていた。

それはおそらく、胸に芽生えた希望の光だ。縋《すが》りつきたくなってしまう。

三百年前のことだとしても、常盤の身は絶対に穢《けが》したくない。男に媚《こ》びるような真似を常盤にだけはさせたくない。それくらいなら、自分の過去がそうであった方がいい。何千倍も何万倍もいい。「竜花の経歴には誤りがあり、陰間だったのは弟――昔のお前だ」

と、そう言ってほしい。

「それから、どうなったんですか？」

夢見月に命を狙《ねら》われながらも、龍神によって救われた彼はその後どうなったのか、気になって仕方がない薔に、龍神は「暑いな」と呟《つぶや》く。

楓雅に抱き寄せられている椿を眇《すが》めつつ、扇子を取りだして自分で扇《あお》ぎ始めた。日陰を作る物がないので額には汗が浮かび、日を受けて煌《きら》めいている。

椿は何をどこまで知っていたのか——龍神が続きを語る前に、がくんと膝《ひざ》を折った。慌てた楓雅が一緒に座り込み、立っていられない様子の椿の背中を摩《さす》る。

もしかしたら、龍神が介入していたことを夢見月は知らなかったのかもしれない。当然椿も知らず、今ここで明かされた真実に打ちひしがれているのだろうか。元より白い顔を一層白くして、毒々しいほど濃密な芳香を放つ百合の花に埋もれていた。夢見月が過去に何をしようと椿が責任を感じる必要などないはずだが、記憶を持っていればわりきれないものもあるのだろう。

「それからどうなったか、だったな。弟は都に連れていかれ、茶屋に部屋を与えられた。無論、陰間茶屋だ。私としてはあれが日夜男に抱かれる展開は歓迎できるものだったが、やはり憑坐《よりまし》は惚《ほ》れた相手がいい。当時は誰彼なしに憑依《ひょうい》していたわけではないからな……どうにかして竜花に弟を抱かせたかったのだ」

現世の身とは無関係な罪に苛《さいな》まれる椿を余所《よそ》に、龍神は淡々と語る。常盤の顔をして、常盤の声で、前世の薔の境遇をなんでもないことのように語り、欲望を明言していた。

「この島は黒潮が渦巻く絶海の孤島。都への航海は危険が伴うものだったが、竜花が無事都に渡り弟と再会できるよう、私は竜花の運気を上げてやった。そのうえ弟がすぐに客を取らずに済むよう守ってやったのだ」

龍神は閉じた扇子で自分の肩をとんと叩《たた》き、感謝しろと言わんばかりの顔をする。

けれども感謝を示す者は一人もいなかった。称賛する者もいない。

薔も常盤も茜も竜虎隊員の三人も、言葉を失ったまま百合の中で佇《たたず》むばかりだ。

椿と楓雅も、しゃがんだ恰好《かっこう》で息を潜めている。

そうこうしているうちに、龍神は不機嫌そうに眉《まゆ》を顰《ひそ》めた。

誰にも感謝されなかったから……というわけではない。自分で何か、面白くないことを思いだしたような顔だった。眉をきつく寄せ、虚空を睨《にら》む。

「実に惜しいことに、竜花の弟は……遂《つい》に客を取ることになった夜に最悪の選択をした。兄を愛するが故に、客が階段を上ってくる音を聞いて、首を掻っ切ったのだ」

今も閉じられたままの扇子が、龍神の肩から鎖骨に移る。

それは頸動脈《けいどうみゃく》の上を通過し、反対側の肩へと向かった。

すぱっと音を立てそうな動きをして、無音で止まる。

「初めての客は、愛《いと》しい兄だったというのに――」

ふうと、龍神は溜《た》め息《いき》をついた。とても残念そうに首を傾ける。

いつもは赤い椿の唇は青く、視界のどこにも赤い物などない。

それなのに、薔の目前に鮮烈な赤が広がっていく。

常盤の船のような安全性の高い乗り物がなかった時代、荒波を越えて都に向かった竜花は、弟が売られた陰間茶屋を探し当てた。ようやく再会できると喜び勇んだ竜花は、殴り込むのではなく客として茶屋を訪れたのだろう。

どうにかして弟を逃がすつもりだったのか、身受けして穏便に取り戻す気だったのか、竜花の考えはわからないが、竜花が何を目にしたのかはわかる。

彼が見た光景が、否応《いやおう》なく浮かび上がった。

布団も長襦袢《ながじゅばん》も、真っ赤に染まっていたのだろう。

八十一《くくり》鱗教団に伝わる降龍《こうりゅう》の儀とは違う。もっとずっと赤い世界がそこにあったのだ。

教団の設立後、目出度《めでた》い初降臨の瞬間として語り継がれたその夜、その瞬間、自刃《じじん》した弟にはまだ息があったのだろうか。

その体は温かく、兄の腕の中で果てたのだろうか。

兄にとっては絶望の瞬間でも、弟にとっては違ったのかもしれない。大好きな兄が来てくれたのだから、申し訳なくても嬉《うれ》しかったのではないだろうか。兄に操《みさお》を立てて純潔のまま死ねた弟は、幸せですらあったのかもしれない。

「何も、思いだせない」

思いだしたい。思いだして何もかも知ってしまいたいのに、思いだせない。

想像はできるのに、それは決して記憶ではない。

龍神や椿が語った言葉、そして降龍殿の部屋をかけ合わせたイメージでしかないのだ。

当事者なのに、誰よりも知りたいのに、記憶の扉は開かない。

「先日も言ったが、人間は誰しも前世の記憶など持ってはいない。椿の夢見は代々伝わる異能だ」

「思いだせない方が、ずっと幸せだと思います」

「椿さん……」

「別の人生の記憶なんて、あっても何も、いいことはありません」

椿の語尾は強く、青白い顔には悲しいほどの説得力があった。

前世の記憶があってもいい、自分は大丈夫だなどと、口が裂けても言えない。椿以外の誰にもその苦しみはわからないのに、耐えられると思うのは傲慢《ごうまん》だ。

「竜花の話には続きがある。弟を火葬した竜花は、この島に戻ってきた。弟が愛した庭に遺骨を埋めるため……そして夢見月と、その信奉者を皆殺しにするために」

紫色の双眸《そうぼう》で、龍神は再び椿に視線を投げる。

信奉者を皆殺しにするという発言は、薔にとってさほど驚くことではなかった。ただ、その前に夢見月の名を出されたことに驚かずにはいられない。

常盤と椿だと考えると、殺しに発展するほど憎み合うとは思えなかったからだ。

これまで聞いた話からして、夢見月を弄《もてあそ》んだ竜花にも非はある。

嫉妬のあまり椿を邪魔で仕方がないと怨《うら》んだ薔には夢見月の気持ちもわかり、一方的に責めることはできなかった。

「弟の遺骨をこの庭に埋めたあと、竜花は人の心を失った。復讐《ふくしゅう》の鬼になり、夢見月は愛する男に憎まれたことを苦に自刃した」

「自刃……夢見月さんも……」

「忌々しき事態だった。気に入りを相次いで亡くすのは残念で……私は死に際の夢見月の夢に入り込み、急ぎ契約を交わしたのだ」

「契約って、夢見月さんとも交わしたんですか？」

「こちらは契状も何もないが、魂の契約だ。未来永劫《えいごう》、魂と肉体を私に捧《ささ》げる代わりに、何度生まれ変わっても竜花の想い人になれるようにしてくださいと、夢見月は願い、私はそれを受け入れた。まあ、心はどうにもならぬ故、常盤の従弟として転生させることしかできなかったが」

龍神は扇子で顔を扇ぎながら、苦々しい表情を見せる。

夢見月の宿願を叶《かな》えてやれないことを嘆いているわけではなく、気に入りを相次いで亡くしたことを、本心から残念に思っているようだった。

それは優しさとは違うのだろうが、命を惜しむ気持ちと、神の力を以《もっ》てしても救えないもどかしさは真実に思えた。

「竜花様と契状を交わしたのは、本意ではなかったんですよね？」

「如何にも。あれは頭のいい男だった。私が夢の中に入り込んで持ちかけた契約を逆手に取り、目覚めるなりつらつらと契状を認《したた》め、私をこの世に縛りつけたのだ。百人の美女を孕《はら》ませ、私のために贄《にえ》を捧げると約束した」

「竜花様は……弟が来世では健康に生まれて、自分と血の繫《つな》がった兄弟にならないよう、願ったんですね？」

「そう、ただそれだけだった。弟を失った竜花は、復讐を終えてもなお鬼のまま。来世で弟と結ばれるためだけに八十一《くく》鱗《り》教団を作り、美しい子孫を贄として捧げたのだ」

常盤の顔で語られる教団設立の真の理由に、薔は言いたい言葉を吞《の》み込んだ。

竜花の血を引く贔屓生《ひいきせい》や神子がどれだけ苦しんできたのか、悲惨な事例を告げて竜花を止めたくても、彼はもういない。

誰も止められないまま、すでに三百年が過ぎてしまった。

十八歳で神子になり、それから百人の妾《めかけ》を孕ませたという始祖竜花の伝説は、すべてが事実ではなく、すべてが嘘でもなく、宗教団体を創《つく》り上げるためにそれらしく整えられたものなのだろう。

龍神は一度も、竜花が神子だとは言っていない。

陰間茶屋で働いていたのも、兄ではなく弟の方だ。しかも一度も客を取っていない。

初代神子が正式に誕生したのは、おそらく竜花の息子の代になってからだ。

「竜花様は初代神子じゃなくて、憑坐だったんですね？」

「うむ、そういうことになるな。私と夢見月にとっての竜花は、兄の方。今で言う常盤のことだ。教団にとっての竜花は、兄と弟の人生が混同したもの。まあ、嘘や間違いというわけでもないのだ。何しろ竜花は苗字《みょうじ》だからな、兄も弟も竜花には違いない」

「――苗字？」

何も知らず、ただただ驚いて愕然《がくぜん》とするばかりの人間達を、龍神は笑う。

何がおかしいのか蕾にはわからなかった。

たぶん誰にもわからないだろう。血の通った人間である限り、笑えない。

「望みが叶ったら、契状を破棄する約束だったんですか？　竜花様は、それまでは絶対に破棄されたくなくて、契状を隠したんですね？」

龍神はすぐには答えず、蕾の肩に触れた。

何も悪びれず、何も変わらない優しさで、気に入りの神子として蕾を扱い、耳元に唇を寄せる。

「その約束を破ったから、常盤は消えたのだ」

消えてなんかいない。常盤はすぐそこにいる――声を限りに叫びたかった。

生まれ変わり、鬼のように冷酷にはなれなくても芯《しん》は変わらない常盤の想いを、常盤の強さを、龍神にわからせたい。思いきりぶつけてやりたい。

「常盤には、前世の記憶がないので……約束、守れなくても仕方なかったと思います」

「そうだな、そもそも記憶などなくとも私の思い通りに動いていたのだ。榊《さかき》と楓雅の病の件さえなければ、すでにもう契状を破棄していたかもしれない」

気を緩めたら止め処《ど》なく溢《あふ》れそうな涙に、今は引っ込んでいろと命じた。

叫ぶことも泣くことも全部、今はこらえなければならない。記憶がなくても、竜花弟の気持ちは理解できて、同調すると呑み込まれそうになる。けれども今は、泣く時でも怒る時でもない。過去を知った今でも、やるべきことは変わっていないのだ。

「龍神様が、榊さん達に物凄《ものすご》い幸運を与えて、早く病気を治していればよかったんです。そうすれば常盤は迷わなかった」

「それはあとからわかったことだ。かつては毛嫌いしていた榊や楓雅の病を、常盤があれほど気にするとは思わなかった。それに私としては、常盤の体を公然と乗っ取るのも悪くない話だからな。常盤が契状を破棄しようとしまいと、それなりの利があるのだ」

そうですね、貴方はそういう人……自分さえ面白ければいい、そういう神ですよね――心の中で密《ひそ》かに不満をぶつけると、誰かの嗚咽《おえつ》が聞こえてきた。

泣いているのは橘蒿と笹帆《ささほ》だ。常盤の魂は必ず生きていると信じる想いが、龍神の話を聞いているうちに揺らいだのだろうか。それとも竜花兄に常盤を重ね、悲恋に涙せずにはいられないのだろうか。

「骨壺《こつつぼ》、掘りだしましょうか」

龍神に文句を言っても何も変わらないことをわかっている薔は、足元を見て呟く。

爽快《そうかい》な午後の風に煽《あお》られるように、椿と楓雅が立ち上がった。

薔は椿の二歩ばかり先を指差す。

相変わらず前世の記憶はなく、あったとしても自分の骨の場所など知る道理がないが、先ほど椿がそこだと言ったのだからそこにあるのだろう。掘りだしてよいか悪いか、この場で判断できるのは龍神以外には自分しかいないと思った。

何しろここにあるのは自分の骨だ。教団本部や学園の降龍殿に祀《まつ》られている骨は、まず間違いなく竜花兄の物だろう。骨になっても一緒にいられなかった兄弟は、三百年の時を越えてようやく、血の繋がらない兄弟として巡り合ったのだ。

「まず、手を合わせませんか？」と茜が言った。

これまでずっと控えめにしていた茜の声は、酷い涙声になっている。ぶるぶると震えるようでいて、強い気持ちが窺《うかが》えた。祈らずに墓を暴くことなど考えられないのだろう。

茜の言葉に、龍神以外の全員が従った。

祈り終えてから、竜虎隊員の三人が土を掘り進める。

シャベルは三つしかなかったので、薔は龍神と共に邪魔にならない位置に立ち、ずっと拳を握っていた。

竜花兄弟のことを、今は考え過ぎないようにした。どこかしらに力を入れていないと、涙腺《るいせん》と共に理性まで緩めてしまいそうで、とても危うい。視線一つまでコントロールして冷静でいなければいけないのに、心のままに動いてしまいそうだ。

剣蘭の姿をした常盤の胸に、飛び込みたかった。

今、常盤はどんな顔をしているのだろう。何を考えているのだろう。

気になって気になって、それでも顔を向けてはいけない。気の緩みは死に繋がる。

ざくざくと音を立てるシャベルの先に視線を縫い留め、ひたすら耐えた。

迂闊《うかつ》なことをすれば、前世の自分に面目が立たなくなる。

兄さんを危険な目に遭わせないで、兄さんを守って——今この瞬間も、過去の自分から強い念を送られている気がした。

「ありました！」

地面に根を張った百合ごと、シャベルで土を掬《すく》って丁寧に除《の》けていた隊員達が、三人揃《そろ》って振り返る。橘嵩と笹帆は泣いて目が真っ赤に充血していたが、業平と同じく、その目には希望の光が宿っていた。

契状を破棄すれば八十一鱗《くくり》教団は神との縁を失う。一方で、神が天神界に帰れば常盤の体は解放される。常盤の魂は必ず復活すると、信じているからこその光だ。

「薔、お前が開けるがよい」

掘りだされた骨壺は陶製で、泥に汚れていても白さがわかる。

元々は木箱に入れて縄か何かで封印してあったようだが、それらは掘りだす過程で崩れ落ち、薔の前に差しだされた時にはもう、蓋《ふた》を押さえつける物はなくなっていた。

「はい」と一言、薔は再び手を合わせる。

椿と楓雅、常盤と茜、竜虎隊員らも、改めて手を合わせていた。

蓋を開ける前に、薔は他ならぬもう一人の自分を想像する。

骨壺の蓋を両手で持ち、慎重に開けた。

そうしながら祈っていた。どうかここに、契状がありますようにと切に祈った。

時系列順に出来事を並べると、骨壺が埋められたのは契状を交わす前だ。

それでもここにあると信じたい。夢見月の死後、龍神と契約した竜花兄は、これを掘り返したのだ。骨壺を埋めた場所を知っている夢見月が亡くなっていたのだから、第三者に掘り返される心配もなかったと思われる。

彼の気持ちになってみればわかる。来世で弟と結ばれるための契状は、弟に捧げる愛の誓いでもある。彼ならきっと、ここに入れる。

「――ありました」

清浄な太陽の光が差し込む壺の中に、細く巻かれた紙が入っていた。

いわゆる立派な巻物ではなく、文字を書いた紙だけを巻いた物だ。

縁は黄変を通り越して茶染めに見えるほど変色していたが、形は崩れず残っている。

遺骨は少なく、底の方に白い砂のような物が入っているというだけで、人骨らしい形の物は何もなかった。

時の流れのせいなのか、脆弱《ぜいじゃく》な骨の持ち主だったせいなのかわからないが、あまりにも頼りなく憐《あわ》れで、こらえていた涙が止まらなくなってしまった。

「薔、それを破け」

神は感傷に浸らない。それでいて怒りはある。

契状を目にした途端、竜花の口車に乗せられた時のことを思いだしたようだった。

竜花との関係は、好きだの嫌いだのと言えるものではないと、龍神は言っていた。

あれはきっと、正直な気持ちだったのだろう。

憑依するには最上の肉体と、憎い魂――竜花に対する神の想いは、三百年の時を越えて常盤にも向けられたのだ。

「あの、ちょっと待ってください。それを破棄するのは榊さん達の病気を治してもらったあとじゃないんですか？」

これまで目立たないよう控えていた常盤が、剣蘭として前に出てくる。

常盤の発言は薔にとって思いがけないものだった。楓雅も驚き、顔を向ける。

よくよく考えてみれば、常盤が疑問を持つのも口を挟みたくなるのも当然だった。

龍神と薔が教団本部で交わした約束の詳細を、学園にいた常盤は知らない。

病を治すのが先か、契状破棄が先か、その順序を知らずに、常盤は病を治すのが先だと思っていたのだ。

「剣蘭、俺は……龍神様と約束したんだ。契状を破棄するのが先で、そのあと榊さん達の病気を治してもらうって、約束した」

「──ッ」

馬鹿《ばか》なことを、なんだってそんな約束を──そう抗議したいのがわかるくらい当惑する常盤の表情に、薔は嫌な予感と既視感に近いものを覚える。

「その約束、一筆認《したた》めてもらったのか?」

破こうと思えば簡単に破ける契状を両手で持ちながら、薔は既視感の正体を知る。

同じようなことがあったのだ。つい最近確かにあった。学園育ちの人間が、口約束でも十分に信じられる神の言葉を、信じきれない人間が他にもいたのだ。

「剣蘭、お前は……榊と同じようなことを言うのだな」

龍神の声は低く響き、常盤を睨み据える。

次の瞬間には瞼が閉じられた。

瞬きではなく長く伏せられ、漆黒の睫毛が重たげに上がる。

その下から現れたのは、鋭く輝く紫の目。人ならざる者の光を湛《たた》えた、神の目だった。

「龍神様っ」

「なんとまあ、これは驚いた」

龍神の目は、過去に見たどんな時よりも眩《まばゆ》く光り、すべての人間を慄《おの》かせる。

常盤の姿でありながらも、誰の目にも明らかに人間ではない存在感を見せつけた龍神の前で、薔はもう一度「龍神様！」と叫んで彼の視線を引き寄せた。

「薔、お前は知っていたのだな？　いやはや驚いたぞ。これほど異なことがあるものか？　剣蘭の中に常盤の魂が入り込んでいるではないか」

「龍神様、契状を破棄します！」

その唇がなんらかの裁定を下す前に、薔は契状を真っ二つに破く。

躊躇《ためら》いなど少しもなかった。神との約束を守っただけだ。

自分勝手で恣意的《しいてき》で好色な神ではあるけれど、それでも約束は約束だ。

まるで話の通じない神ではない。冷徹なわけでもない。それなりの愛はあり、正直で、人を騙《だま》して陥れたり嘘をついたりはしない神だ。こちらも正直に向き合えば、約束は必ず守られる。この神は信じる者を裏切らない。

「常盤！」

百合の香る風に破いた契状を放りだし、薔は剣蘭の姿をした常盤にしがみつく。

自分にどれだけの価値があるのか、そんなことはわからないし、自信もない。

でもこうしていればきっと、天罰は下らない。

神に許されたければ神を信じ、愛を示すしかないのだ。

「龍神様、これで貴方は自由です！　どうか約束通り、榊さんと楓雅さんの病気を治してください。俺は……っ、俺は貴方を信じてます！」

「薔……っ」

常盤の腕に抱き留められながら、薔は龍神を顧みる。

他の誰が何を思い、この事態をどう捉《とら》えていようと、なりふり構っていられなかった。

戸惑う複数の視線と声の中で、常盤と二人、引き千切るように互いの体を掻《か》き抱《いだ》く。

降龍殿で常盤の心臓を締めつけた紫の雷を、再び向けられるのだろうか。あれは電流のように、その体に触れる者にも伝わるだろうか。常盤が痛めつけられるなら、同じ痛みを自分も受けたい。常盤が殺されるなら、一秒だって彼より長く生きたくない。

共に逝くのは、正直それほど怖くはないのだ。

「薔、お前は二つ目の条件を忘れてしまったようだ」

龍神は紫眼をぎらつかせながら、手を差し伸べてくる。

雲一つなかったはずの空に、信じ難いほどの速さで積乱雲が生じていた。

つい今し方まで晴れていたにもかかわらず、太陽が雲に隠れる。

濃密で刻一刻と膨れ上がるそれが雷を内包していることは、誰の目にも明らかだった。

紫の雷が、神の怒りが、唸《うな》りながら近づいてくる。

「二つ目の条件？」

常盤の問いに、薔は答えなかった。

答える代わりに、一層強く抱きついた。

暗雲が雷鳴を轟《とどろ》かせ、空から脅しをかけてきても、しがみついたまま離さない。

「薔……っ、二つ目の条件とはなんだ？」

「常盤の魂を、諦《あきら》めること」

一度も従わなかった二つ目の条件を口にして、薔は常盤の腕の中から龍神を見据える。

茜が「薔！」と悲痛な声を上げた。

「常盤さん、だったのか？」

「常盤……様？　本当に？」

楓雅と椿が半信半疑で言葉を絞りだす。

状況を把握しつつあった竜虎隊員も確信した様子だった。ほとんど条件反射のように、
常盤と薔の前に進みでる。それぞれ両手を大きく広げ、三人で重なり合って、厚い壁に

なってくれた。

「龍神様……約束を破って、すみません。俺は、二つ目の条件を呑めませんでした。一瞬たりとも常盤の魂を諦められなかったし、諦める努力もしませんでした」

ぽつぽつと降りだした雨が耳殻を掠《かす》め、肩に落ちた。

まるで夕方のように暗くなった空の下で、薔は骨壺に視線を落とす。

今ここで自分にできることを、稲妻よりも早く考え、行動に移さなければならない。

雷を落とされる前に覚悟を決めて、必ずや守らなければならないものがある。

「龍神様、俺は二つ目の条件を守ろうとしなかったし、常盤は、竜花様だった頃の約束を破って、契状を破棄しませんでした。龍神様は約束通り俺達を転生させてくれたのに……俺達は裏切った。だから、俺と常盤は、ここで死んでも文句は言えないと思います」

「薔！」と、茜と楓雅が再び声を上げた。

常盤の許しを受けずに、薔は自分の命と同じく常盤の命も差しだす。

それが人生最後の選択であり、覚悟だった。

天罰を受けて共に死ぬなら、常盤は決して己の命を惜しみはしない。

そう信じていられた。その証拠に何も言わず、ただしっかりと抱き締めてくれている。

「龍神様、勝手を承知でお願いします。どうか、榊さんと楓雅さんの病気、治してあげてください。なんの罪もない剣蘭の体と魂を、必ず、助けてあげてください」

自分達はいい。一緒ならそれでいい。守るべきものは罪なき人達だ。

どれほどの罪を犯したのか、それは今もよくわからないけれど、これまでとてもとても幸せだった。赤ん坊の頃から常盤に大切に育てられ、学園に入るまで言葉では言い尽くせないほど愛されて、本当に幸せだった。

十八になって常盤に抱かれ、常盤以外に抱かれることは一度もなかった。つらいこともあったはずなのに、今はいいことばかり思いだす。

なんて幸せな人生だったのだろう。

長くはなくても満ち足りていた。愛する人に、確かに愛されていた。

「龍神様、常盤が死んだら、俺も死にます」

「──薔、私はお前の命など要らない。お前のすべてを手に入れたとしても、その肉体は死ねば朽ちて価値のない物になる。私にはなんの利もないのだ。私は……竜花の弟にも、夢見月にも、生きていてほしかった。もっと抱きたかった。お前にも生きていてほしい。昔も今も変わらず、そう願えばこそ見守ってきたのだ」

「龍神様……」

「お前が死んでも、私は可愛《かわい》い神子を一人失うだけ。そんなことは望んでいない」

「龍神様、俺は……わかってます。貴方が神子の死を望んでいないことも、運気を上げて命を救うことはできても、自死だけは止められないことも、わかってるんです」

「薔、お前は私を威《おど》すのか？」

「そんなつもりじゃありません。俺の命が威し種《ぐさ》になるなんて、そんな烏滸《おこ》がましいこと考えてませんでした。でも、なるんですか？　もし本当に威しになるなら、俺は、貴方の愛情が本物だったと信じられる。それはとても、嬉しいことです」

威す気など本当になかった。願いが叶うなら、そして常盤と一緒なら、本気で死んでもいいと思ったのだ。

それでも自分の命が威し種として通用するなら、こんなにありがたいことはない。

榊や楓雅、剣蘭だけではなく、常盤の命も助けたい。

二人で一緒に生きていきたい。

「龍神様、もう一度言います——常盤が死んだら、俺も死にます」

命を懸けて、龍神を威すと心に決める。

神の怒りを買い、二人で死ぬもよし。神の愛により、二人で救われるもよし。

どちらに転んでも常盤と一緒なら幸せだと思えるから、賭《か》けに出られる。

目の前にいるのは倒すべき敵ではない。憎くてやまない悪でもない。

信仰対象として慕ってきた神だ。許しを請い、祈るべき存在だ。

「龍神様、約束を破った私の罪を、お許しください」

剣蘭の声で、常盤が言った。

薔を強く抱き締めたまま、常盤は自分の姿の龍神と対峙《たいじ》する。

前世の記憶がなくても、神との約束を破ったことを認めて謝罪した。

薔を離さずに、常盤は頭を下げる。必然的に薔も頭を下げる恰好になった。

ぽつぽつと降っていた雨が強くなり、本降りになる。空が唸り、雷鳴が轟いた。

常盤が頭を上げ、薔も一緒に上げる。

周囲のことを気にしている余裕などなかったが、それでも見えた。雨の中、誰もが頭《こうべ》を垂れている。誰もが何かを、この神に祈っている。

「龍神様、前世の望み通り、薔に健やかな体を与えていただいたこと……血の繋がらない兄弟にしていただいたこと、どちらも心から感謝します。ありがとうございました」

今は紺碧《こんぺき》の目を持つ常盤は、ただひたすら真っ直ぐに龍神を見る。

常盤に続き薔も、「ありがとうございました」と心から告げた。

龍神に謝罪し、礼を言った常盤の意図が薔にはわかった。

自分は本気で死ぬ気で賭けに出たけれど、常盤は生きる気でいる。

二人でなら死んでもいいとは思っていない。この生を、少しも諦めていない。

記憶になくても裏切ってしまった事実を認め、真摯《しんし》に謝罪し――同じく記憶になくても叶えられた幸運に感謝するのは、人としての常盤の筋だ。天罰を覚悟したうえでの最期の言葉などではない。龍神を一人の人間のように扱い、その心を溶かすための言葉だ。

「常盤、剣蘭の振りをしたお前に言われて薔の心を求めてみたが、手に入れることはできなかった。まだ日は浅いが、この先も手に入れられる気がしない。お前という恋敵《こいがたき》のせいならば、私の敗因はなんであろうか？」

「恐れながら、狙った相手が悪かったのでしょう。何しろ薔は、貴方の御力によって私と結ばれるべく生を受けたのですから。私と薔の絆《きずな》に抗うことは、貴方にとって御自身との闘いにも等しい。矛盾があるのです」

龍と虎《とら》が間合いを取り、牽制《けんせい》し合っているかのようだった。

力ではどうしたって龍に勝てない虎は、遜《へりくだ》りながらも隙《すき》を見せない。

ここにいる虎は、ただの虎ではないのだから当然だ。昔も今も、支配者である龍を口先一つで思い通り操ろうとする、狡猾《こうかつ》な虎だ。

「なるほど、そう言われてみるとそうかもしれぬな。しかし薔が私に靡《なび》かなかったのは、剣蘭の中にお前がいたことを知っていたからではないのか？　姿は違えど愛する男が傍《そば》にいれば、他に靡かぬのも当然であろう」

「恐れながら、如何なる状況であろうと薔は私以外には靡きません。龍神様がそれほどに強い宿命を用意してくださったおかげで、私と薔は揺蕩《たゆた》うことのない心で繋がり、不抜《ふばつ》の関係を保っていられるのです。それに私が剣蘭の体を借りていることを薔が知ったのは、一昨日の夜のことです」

剣蘭の顔でありながらも剣蘭ではない表情を浮かべて、常盤は前に進みでる。

あれほど強く抱いていた薔から手を離し、盾になる覚悟の竜虎隊員三人の間を縫って、龍神の目の前に立った。

速やかに膝を折り、龍神の右手を取る。

誰も何も言えず、動けなかった。

常盤の背中が他者を寄せつけない気を放っていたからだ。誰かが一言でも発したり手を出したりしたら、常盤が作りだす世界が壊れてしまう。

「龍神様」

常盤は龍神の右手の甲に唇を寄せ、忠誠を誓うかのように口づける。

永遠のように思える、長いキスだった。

雨に打たれた百合がしばらくの間だけ香りを増し、やがて水に流される。

百合の香りはわからなくなり、雨の匂《にお》いが強まった。土の匂いも立ち上る。

常盤は顔を上げ、龍神の手から唇を離した。それでも手には触れたまま、おそらくは上目遣いで龍神を見つめている。

次の瞬間、何が起きるだろうか。空が光り、雷が落ちるだろうか。それとも神の手から紫の閃光《せんこう》が放たれ、常盤の魂が剣蘭の肉体から無理やり引き抜かれるのだろうか。

それとも、それとも、すべては常盤の望み通りになるのだろうか――。

「龍神様、天神界にお帰りになるのはいつでもできます。今この時より貴方は自由の身になったのですから、新たな恋をお愉《たの》しみください」

「新たな、恋？」

「はい。貴方はもう、竜花の血に縛られることはないのです。神によって定められた絆を持たない美童は、世界中どこにでもいます。貴方は自由です」

常盤は跪《ひざまず》いたまま、今も龍神の手を離さない。

本来の姿や声ではなくても、視線と言葉で人の心を……それどころか神の心すらも摑みそうな常盤の力は、ある意味では異能と呼ぶに相応《ふさわ》しい能力なのかもしれない。

「そう、か……もう、誰でもよいのか」

「はい。不器用な我々は一人しか愛することができませんが、全能たる貴方は違います。多くの美童を同時に愛せるのですから、これまでのように縛られる必要はありません」

はたと気づいたように、龍神は薔に目を向ける。

そして椿を見て、茜や橘嵩、笹帆を見て、それからどこへともなく視線を投げた。

竜花の血を引く美童——その条件に縛られる必要は、もうないのだ。

天神界に戻るのも自由、このまま地上に留《とど》まるのも自由。特定の神子を持たず、憑坐にこだわらず、気の向くままに美童を抱ける。

好《い》い男に密やかに降りて愉しみ、またどこかに飛んでいけばいい。

肉体を持たない代わりに、神でなければ得られない生き方ができるのだ。

享楽的に生きるのは容易で、地に足をつけて心の交流を求めるのは難しい。肉体を持つ悦《よろこ》びはあれども、最上の常盤の肉体ですら疎ましい疲労に見舞われることを、神は知ったはずだ。

「――竜花……お前は、またしても私を揺さぶる。憎くて、憎みきれぬ男よ……」

積乱雲が唸るのをやめて、空が静まり返る。

重かった雨が細く軽やかになり、海風を孕んで躍りだした。

龍神は身を屈《かが》め、常盤の顎《あご》を指先で掬う。

常盤の顔をした龍神が、剣蘭の顔をした常盤に迫り、甘く開いた唇を重ねた。

口づけは長く、終わりは突然訪れる。跪いていた剣蘭の体から力が抜け、引力によって猛然と地面に引き寄せられた。

「剣蘭！」

常盤の声が響く。

同じ声に違いないのに、龍神ではなく常盤自身の声だとわかった。

重い荷物のように地面に向かって落ちていく剣蘭の顔を片手で押さえ、もう片方の手で上腕を引っ掴む。すれすれのところで怪我《けが》を負わせず、両手で抱き留めた。

「剣蘭……っ、剣蘭！」

天気雨のように、雲間から太陽の光が見える。

意識を失っている剣蘭の体が、常盤の腕の中で揺さぶられた。

ああ、常盤だ。龍神ではなく、常盤だ。剣蘭の体を支えて、その魂の心配をしている。

常盤の体に常盤がいる。

火傷《やけど》や傷痕《きずあと》のない綺麗な手になってしまったけれど、その手も指も、その声も、そして黒い瞳《ひとみ》も、紛れもなく常盤のものだ。

「剣蘭！」と常盤と薔と茜が声をかけると、剣蘭の眉がきつく寄る。

うるさい、耳元で大声を出すなよ——とでも言っているかのようだった。或《ある》いは、雨に濡《ぬ》れた肌や服が気持ち悪かったり、再び漂い始めた百合の香りが強過ぎたりして、眉間《みけん》に皺《しわ》を寄せずにいられないのかもしれない。とても不快げな顔をしていて、けれどもそれがなんだかとても剣蘭らしくて、薔の胸は熱い期待に膨れ上がった。

「……っ、ぇ……ぁ、常盤……様？」

「剣蘭、俺が見えてるんだな」

「あ、はい……もちろんです」

ようやく開いた目は一瞬だけ虚《うつ》ろだったが、常盤の顔を捉えるなりしゃんとする。

竜虎隊員らには常盤の方が大事なのだろう。「常盤様！」「常盤様ですね⁉」と、常盤に向かって涙ながらに確認していたが、常盤は剣蘭のことで手いっぱいだった。

まだ完全にはやんでいない雨の中、重たい剣蘭の体をどうにか起こす。

状況が読めずに硬直気味の剣蘭に、「大丈夫か？　手足はちゃんと動くか？」と確認し、剣蘭が言われるままに手足を動かすと、常盤は先ほどまで借りていた体を、がばりと勢いよく抱き締めた。

「……と、常盤様？　あ、れ……ここ、どこですか？　白菊《しらぎく》は⁉」

剣蘭は「海⁉　う、嘘、嘘ですよね⁉　なんで海⁉」と素《す》っ頓狂《とんきょう》な声を上げ、常盤はその肩越しに薔を見る。

常盤のものでしかなくなった唇が、「薔」と呟いた。

声になっていなかったが、確かにそう言っていた。

「常盤……」

常盤の顔に向かって、ようやく本当の名を呼べる。

繋がった視線を通じ、言葉にできない想いが波のように打ち寄せてきた。

剣蘭の体を使いながら、常盤は剣蘭の気配を感じていたと言っていたが、口で言うほど絶対的な確信はなかったのかもしれない。薔を安心させるために剣蘭は無事だと断言しただけで、本当のところは剣蘭の無事を相当に案じていたのだろう。

自分の体を取り戻したことも当然嬉しいはずだが、常盤が確認を繰り返すのは自身ではなく、剣蘭の方だった。

「お前の中で今は何月何日だ?」と問い、「どこか痛いところや違和感を覚えるところはないか?」と訊き、剣蘭と薔に代わる代わる目を向ける。

「楓雅っ、どうしましたか⁉ 楓雅!」

よかったよかったと、茜や竜虎隊員らが胸を撫《な》で下《お》ろしたその時だった。

椿が悲痛な声を上げ、ふらつく楓雅の体を支える。

誰もが常盤と剣蘭に注目している間に、楓雅に異変が起きていた。

霧雨《きりさめ》の下で大きな体を強張《こわば》らせた彼は、椿に支えられるだけではなく、自分からも椿に摑まっている。雨に濡れた長い黒髪ごと肩を握り、虚空を仰いだ。

「楓雅、目は……っ、目は見えていますか⁉」

「楓雅さん!」

駆け寄る薔と椿の間で、楓雅は右手を自分の顔に向ける。

立っていられない様子で半分しゃがんだ体勢のまま、指先を目に寄せた。

指を眼球に向ける仕草は見ていて恐ろしく、痛々しく、何事かと焦って目を逸《そ》らしたくなったが、薔の中にある経験が答えを見いだす。先の教祖選で神子の桃瀬《ももせ》に扮《ふん》した際に、コンタクトレンズを目に入れたのだ。何かトラブルが起こった時のため、自分の手で出し入れする方法を青一《せいいち》から教えられた。

「コンタクト……合わなくて、ちょっと、待ってください」

一歩動くのも怖い様子で、楓雅は右目からコンタクトレンズを取りだす。

指先にそれらしき物が張りついていたが、霧雨が降っていて明瞭《めいりょう》には見えなかった。

楓雅は左目にも指を寄せ、コンタクトレンズを摘《つ》まむ。

ある人は黙って息を呑み、ある人はごくりと大きく喉《のど》を鳴らした。

皆が等しく願うのは、楓雅の視界が晴れ渡ることだ。

この霧靄《もや》のような雨にも負けず、前教祖が受けた数々の怨念《おんねん》にも負けず、楓雅の目が、彼の世界を明るく彩ることを願っている。

その想いには敵も味方もない。一族も何も関係ない。

ただ純粋に人として、善良なる彼に奇跡が起きることを願っている。

「楓雅……私が、見えますか？」

両目とも裸眼になった楓雅の目は、隣にいる椿に向かっていた。

ここには空も海も花もあり、絶景に違いないけれど、楓雅が捉えるのは椿の顔だ。

金茶色の睫毛を閉じて、開いて、また閉じて、再び開いた時には涙を湛えていた。

楓雅の唇が、笑みを形作る。

何も言わなくても、すべてが伝わる笑顔だった。

「椿さん……」

楓雅は椿を見つめてその名を呼ぶと、笑顔のまま彼を抱き寄せる。

楓雅の目が深刻な問題を抱えていることを、薔はつい先日まで知らなかった。

椿がそのことをいつ知ったのか正確にはわからないが、贔屓生の時に知ったと考えると今から六年ほど前だ。

椿は楓雅の視力低下を止めるために長年尽くし、前世の自分に引《ひ》き摺《ず》られている時も、学園を卒業して離れていた半年間も、いつも楓雅の身を案じていたのだろう。

原因不明の病で視力が徐々に悪くなり、いつか失明するかもしれない――そんな状況に置かれて不安にならない人などいない。楓雅のように心身共に強くても、迫りくる現実と向き合うのは怖かったはずだ。

好きな人の顔を見られなくなるかもしれない不安を抱えてきた楓雅も、楓雅のために闘ってきた椿も、その事実を周囲に隠し、人知れず苦しんできたのだろう。

六年の歳月は長い。十八年しか生きていない薔には、途方もなく感じられた。

「常盤さん」

椿を抱き締めていた楓雅は、溢れる想いを振りきるように常盤に顔を向ける。

惜しみつつも椿を解放し、常盤に向かって深々と一礼した。

「常盤さん……椿さん、業平さん、橘嵩さん、笹帆さん、茜、薔、剣蘭も、皆さん本当にありがとうございました。今頃きっと、兄の身にも……奇跡が起きていると思います」

最後は涙声になっていたが、楓雅は笑顔を崩さなかった。

涙をこらえて笑う楓雅の上に、雨はもう降らない。雲さえも消え失《き》せ《う》る。

晴れやかな青い空から眩いほどの光が射《さ》して、誰もが笑っていた。

状況がいまいち呑み込めない様子の剣蘭も、よくわからないがとりあえずよいことがあったらしいと空気を読んで、笑っている。

ただ一人、椿だけが泣いていた。

両手で顔を覆い、涙は見せないけれど、嗚咽は抑えきれていなかった。

夢見月の愛も、彼が犯した罪も、すべては夢見月だけのもの。椿の愛も、涙も喜びも、すべては椿だけのもの——今ここにいる彼は、楓雅を想い、泣いているのだ。

「龍神様……故郷に、帰ったのかな？」

自然の摂理に反する勢いで消える積乱雲を見送りながら、茜が呟く。

御神託が降りる際に神の本地を見たことがある薔は、空に龍の姿を浮かべてみた。

今は何も見えないが、あの巨大な黒龍は天神界へと翔《か》け上がっていったのだろうか。

人間の目に神の姿は映らず、今起きていることも、これから起きることもわからない。

教団はこれまでのように御神託を得られなくなり、神子だからといって、信者だからといって、幸運に恵まれることもないだろう。

これから踏みだす一歩は、運気を失ったうえでの危険な一歩になるかもしれない。

神異に頼れなくなった途端に負傷したり、毒蛇や毒虫に襲われたりするかもしれない。

神の寵《ちょう》を失うのは怖い。とても怖いけれど、何が起きるかわからないのが人生だ。

「龍神様にも、唯一無二の相手ができるといいよな」

蕾が思っていても言わなかったことを、茜がさらりと言う。

「うん、そうだな。相手は大変そうだけど」

蕾が答えると、常盤が苦笑する。楓雅も皆も笑う。椿だけはまだ泣いていた。

天神界のことはわからないが、この先、神にも巡り合わせがあるかもしれない。

相手は純白や金色の美しい龍だろうか。それともやはり、人間の美童なのだろうか。

己の運命は神にすらわからないのだから、蕾には想像することしかできないが、ただ、心から願っていた。

奔放で好色で散々困らされたけれど、いつか幸せになってほしい。

実現困難な奇跡を幾度も起こしてくれた神に、感謝している。

ずっと見守っていてくれた。常盤と結びつけてくれた。

愛すべき龍神よ、貴方もどうか、幸せに——。

13

テントに二泊は避けたいという全員一致の思いから、一行は相当な無理をして蒲牢島《ほろうじま》を横断した。島の東にある鱗海村《りんかいむら》から山を下り、中央の小山の麓《ふもと》まで行って、そこから北に向けて山を登るルートだ。

しかも骨壺《こつぼ》を元に戻し、海岸広場の九番の洞窟《どうくつ》の奥を塞《ふさ》いで原状回復している。

そういった作業の合間に交代で手早く昼食を摂《と》り、休憩も最低限に抑えた。とは言え黙々と動いていたわけではない。特に下りルートでは情報共有が盛んに行われた。

薔《しょう》は龍神《りゅうじん》から聞いた過去現在の話を漏れなく常盤《ときわ》に伝え、楓雅《ふうが》や茜《あかね》は剣蘭《けんらん》にこれまでの出来事をあれこれと説明した。

最北端の喜多美《きたみ》村に向かう登山道に差しかかった頃には、太陽との競争になって誰もが余裕を失う。ゴールが見えてきて勢いはつくものの、下手《へた》をすれば山中でまたテント泊になるからだ。

龍神から与えられる運気に期待できなくなった今、暗闇《くらやみ》での移動は命に係わる。一人の遅れもなく、日没までに船に戻るという厳しいミッションを熟《こな》すか、あと少しという所でタイムアップを迎えてテントを張るか、そのどちらかしかない。

どうにか空に赤みがあるうちに喜多美村の廃墟《はいきょ》に辿《たど》り着《つ》いた一行からは、「着いた！」「ゴールだ！」「万歳！」と歓声が上がった。まるで登山を終えて頂上に達したかのような掛け声で、汗だくでも疲れていても、例外なく達成感に満ちた笑みを浮かべていた。

時間的にはぎりぎりと言うべきかアウトと言うべきか、岸壁に沿う長くて狭い階段まで来た時には、すでに日が落ちていた。

空の裾《すそ》を燃やしていた深い赤が消え、残照すらも紺一色に塗り替えられる。

奈落《ならく》の底から魔物が呼んでいるかのような波音に向かって、一段一段下りていった。

カンテラやビームライトで照らしながらそろそろと慎重に下り、無事港に到着する。

待っていた船員達の準備は万全だった。首尾よく階段付きのタラップが渡される。

全長百三十一フィートのトライデッキスーパーヨットが、この上なく頼もしく現実的で、そしてとても美しく見えて、薔は思わず歯を食い縛った。そうでもしないと気が緩んで、安堵《あんど》のあまり泣きそうだったからだ。


夕食は各自ルームサービスで――と言い渡した常盤と共に、薔はメインデッキマスタースイートに足を踏み入れる。乗船するなり至極当たり前にそれぞれの部屋に向かい、「また明日」「おやすみ」などと言い合ったのは、全員が全員疲れ果てていたからだ。

そしておそらく誰もが、一秒でも早くシャワーを浴びたがっていた。

龍神の加護がなくなっても怪我人《けがにん》は出なかったが、汗や泥に塗《まみ》れ、あちこち痒《かゆ》く感じることに変わりはない。

――あ、なんか普通に常盤と同室に……。

大きなベッドを目にするなり、薔は後ろを振り返る。

扉は今まさに閉められるところで、ミニホールに続く廊下が見えなくなった。

行きの段階では常盤の中身が龍神だったことや、常盤奪還で頭がいっぱいだったこともあり羞恥心《しゅうちしん》は薄れていたが、今は色々と考えてしまう。

新教祖の常盤と恋人同士だということも、神子《みこ》だということも、つい先日までは重大な秘密だった。限られた数人しか知らない話が、今では教団中に知れ渡っている。

血の繋《つな》がりはなく、咎《とが》められることのない関係。誰かに反対されたり茶化されたりすることもない。それどころか祝福され、こうして二人きりになっている。

「風呂《ふろ》に湯を溜《た》めてくる。一緒に入るだろう？」

常盤に声をかけられるなり、薔はまたしても後ろを見た。

また何か大変なことが起きたり、邪魔が入ったりするんじゃないかと疑ってしまう。

数秒後には荒々しい足音が聞こえてくるかもしれない。ノックの音が部屋中に響き渡るかもしれない。「大変です！」と誰かの声が聞こえてきそうでそわそわする。

ここは海の上で船は動きだしているけれど、だからこそ考えられるトラブルもある。

人間の邪魔は入らなくても、嵐《あらし》に巻き込まれて転覆するとか、龍神とは無関係な落雷に遭って炎に包まれるとか、心配したらきりがないほど悪い想像が駆け巡る。

「薔、そんな難しい顔をしてどうした？　先に独りで入りたいのか？」

「あ、いや……そういうわけじゃなくて」

常盤と龍神の話し方は、まったく違うこともあればさほど変わらないこともあるので、薔は常盤の目が黒いことを確認した。

常盤もそれをわかっていて、薔の視線を感じると目を少し見開く。

今もそうしてくれたので、間違いなく常盤だとわかった。

龍神が憑依《ひょうい》すると必ず目の色が変化するおかげで、視覚的に区別がつくのは助かる。

そのありがたみに気づいたのは、常盤が自身の体に戻ってからだ。

「目の色が気になるのか？　心配しなくても俺は俺だぞ」

「うん、わかってる。ただ、色を確認すると安心する」

「俺が剣蘭の中にいても、外見的な変化はなかったからな」

「そうそう、それを考えると龍神様はわかりやすくてよかった」

「龍神様は色々な意味でわかりやすいというか、複雑なタイプじゃなかったことは本当によかったと思う」

黒い目をした常盤の穏やかな表情を見ていると、ほっと一息つくことができる。

薔が笑うと常盤も笑い、二人でバスルームに向かった。

お互い汚れていたので一緒に入ることに正当性を感じられ、照れる気持ちを容易に乗り越えることができる。

さらりとして温かい床の先には、シャワーヘッドが二本と円形のバスタブがあった。湯はまだ入っておらず、常盤が操作パネルを弄《いじ》るとプシュッと音がして、何やら自動で動きだす。バスタブからミストが噴きでてきたり、栓が上下したりと次々動き、そうかと思うと驚くほどの勢いで水位が上がっていった。

「髪を洗わせてくれないか？」

シャワーを浴びて汚れを落としていると、耳元で囁《ささや》かれる。

すでに湯洗いを済ませていた薔は、シャンプーボトルに伸ばしかけた手を止めた。うんでもなく、いいよでもなく、「お願いします」と言ってみる。

常盤が後ろに立ち、いい香りのシャンプーを掌《てのひら》に取った。火傷《やけど》も手術痕《あと》もなくなった手が、液体を泡立てる。

ふわりと立ち上るハーブ系の香りは、蒲牢島にあった自然の緑とは違う。

常盤が使っていた香水を彷彿《ほうふつ》とさせる、洗練された大人の香りだ。まだ海の上にいて、学園は遠いのに、あるべき場所に帰ってきた気分になれた。

「薔……わかっていると思うが、俺の目は、また紫色に変わるかもしれない」

後ろに立つ常盤が、少し重めの口調で告げてくる。

その言葉に驚きはしなかった。常盤の言う通り、薔もわかっていたことだ。

「うん、わかってる」と答えると、髪を地肌から丁寧に洗われる。泡でマッサージをするように、指の腹を使って頭全体を包み込まれた。

常盤の指は柔軟で軽やかに動く。リズミカルでもあった。左手の傷が完治したことで、不自由さはもうすっかりなくなったのだろう。今はそれを、神の恩恵だと思える。

あの傷を負った経緯とは切り離し、ただ素直によい結果だと思っている。

「もしまた目の色が変わっても、ベッドの中なら絶望する必要はないからな」

「うん、それもわかってる」

これから常盤の目の色がどうなろうと、それが情交に絡んでいる限り、深刻に捉《とら》えてはいけない。いちいち気にしていたら疲れてしまう。

こういった予想が外れて拍子抜けするならいいが、おそらくこれから先も龍神は降りてくるものだと、覚悟しておいた方がいい。

龍神と竜花《たつはな》が交わした契状を薔が破棄したことで、龍神は竜花の血に縛られず、自由の身になった。

しかし、竜花の血を引く者に二度と近づかないと約束したわけではない。

天神界に帰るのもこちらの世界に居残るのも龍神の自由で、これからは誰に降りて誰を抱くのも思いのままだ。

教団の神子達や、薔や椿《つばき》が龍神好みなのは事実なので、好《い》い男が神子を抱こうとすれば龍神は寄ってくるだろう。もちろん今後は神子以外も対象になり、たとえば柏木《かしわぎ》が白菊《しらぎく》を抱こうとしたら嬉々《きき》として降りてくるかもしれない。

契状や血に縛られていた時とは違い、毎晩必ず一度は降りてくるとか、男であれば誰が抱いても構わないというルールはなくなった。すべては龍神の気分次第だ。

薔を抱く常盤、椿を抱く楓雅など、相思相愛の関係にある二人の交わりは龍神にとって恰好《かっこう》の標的になるだろう。

恋人同士の情交時に割り込まれ、神を悦《よろこ》ばせることになるが、それにより常盤や楓雅の意識が奪われたり、龍神の意識が表に出てきたりするとは考えにくい。

これまでのように運気が上がったり、御神託が降りたりすることもないだろう。

或《あ》いは龍神の心一つでそういったものが与えられることもあるかもしれないが、それは考えるべきではないと思った。二人だけの大切な時間を覗《のぞ》き見されることを望んでいない以上、報酬まがいのものも期待するべきではないからだ。

「これからどうなるかわからないけど、常盤が常盤のままならそれでいい」

「薔……無理をしてないか？」

「正直なところ、そんなに無理じゃない。覗かれるのは慣れてるし」

口にした言葉は、正直な気持ちだった。

今ここに常盤がいて、その体に常盤の魂や意識がしっかりとある。

もちろん剣蘭も無事で、楓雅の視力は本人曰《いわ》く「一般的によくある悪さ」まで回復している。榊《さかき》の健康状態は現在確認中で明日にならないとわからないが、薔は龍神を信用してよいと思っている。

「お前に無理がないならよかった」

「これまで支えてくれてたものを完全に失うのは、結構怖いし……淋《さみ》しいとか、そういう気持ちもあるのかもしれない」

「ああいう性格の神だからな」

「うん、一応さよならしたけど、また降りてくることもあるのかなと、思ってる。常盤の意識さえ奪わないなら、降りてきたっていい。それは、そんなに大きな問題じゃない」

この気持ちは、常盤や皆が無事だった現状に感謝し、これ以上の贅沢《ぜいたく》は言えないという妥協から来ているのだろうか。それとも龍神の性格を知ったうえで、何か惹《ひ》かれるものがあって離れ難くなっているのか。もっと単純に、幼い頃から植えつけられた信仰心によるものかもしれない。自分でもよくわからないが、以前の陰降ろしのように密《ひそ》やかに降りてくるだけなら、特に構わないと思っているのは本心だ。

「薔、上を向いて目を瞑《つむ》ってくれ」

シャワーをうなじに当てられ、十五センチばかり上から囁かれる。

言う通りにすると、つむじの辺りまでシャワーが上がってきた。さらに上がるそれは、額の際まで行って髪を膨らますように地肌を打つ。

ふと子供の頃のことを考えた。ぼんやりとだが、髪を洗ってもらった記憶がある。

大好きな兄に可愛《かわい》がられ、当たり前に一緒に入浴していた。その頃の常盤は、「椿、上を向いて目を瞑れ」と言ったのだろうか。

『椿、上を向いて目を瞑れ』

シャワーを当てられた頭の奥で、想像ではない声が響く。

今の声とは少し違う、常盤の声。幼い自分に優しく話しかける声だ。

頭に何か付けられていた気がしてくる。ぐるりと一周締めつけるような何かだ。

「常盤、俺……小さい頃、風呂で頭に何か……帽子みたいなの付けてたか？」

「ああ、シャンプーハットか？　目や耳に湯が入らないよう、付けていたな」

薔は上を向いて目を瞑りながら、常盤が穏やかに笑うのを感じた。

シャンプーハットと言われても半分は想像で補うしかないが、また少し思いだす。

それを被《かぶ》せてもらうと目を瞑らなくても問題はなく、こっそり目を開けていた。

視線の先で何本かに分かれた湯が、弧を描きつつ落ちていくのが面白かった。

「それ、黄色だった気がする」

「よく憶《おぼ》えてるな。確か向日葵《ひまわり》を模した物だった。そう言えば、風呂で俺の股間《こかん》を睨《にら》んで叩《たた》いたことも思いだしたか？」

「いや、それは全然……憶えてない。それ前にも言ってたよな？　根に持ってるのか？」

「そういうわけじゃないが、お前は優しい子だったし、乱暴な悪戯《いたずら》もしなかったからな。あれは不思議な行為だった」

「――あ……なんか、わかったかも」

シャンプーの泡を洗い流してもらった薔は、瞼《まぶた》を上げて後ろを向く。

常盤と顔を見合わせながら、中学生の常盤の股間を睨んで叩く自分を想像した。

大好きで、何よりも大切な兄の一部を叩くなんて、常盤の言う通り不思議な行為だ。

子供のやることだと考えると理解できないが、今の自分や竜花弟の気持ちを重ねると、なんとなくわかった。

「俺には前世の記憶とか全然ないけど、何かこう……想《おも》いというか、怨念《おんねん》みたいなものはあったのかもしれないな。他の人のところに通う兄への怨《うら》みというか、それを、自分には向けてこないのに、他の人には向けるのが……許せなかったのかも。子供だからなんだかわからないけどイラついてたのかな？　それで睨んで、ついバシッと」

「それが本当だったら衝撃だな。随分と罪深い話だ」

「耳の痛い話だろ？」

「いや、今の俺には痛《いた》くも痒《かゆ》くもない。他の誰にも向けてないからな」

常盤の声が一段と艶《つや》を増し、湯に濡《ぬ》れた肌がぴたりと吸いつく。

下腹で感じる常盤の性器は兆し始めていて、自分のそれも同じように変化していた。

嘘《うそ》偽りなく、常盤の体は彼自身と蓄の物だ。好色な龍神に乗っ取られている間ですら、掠《かす》め取《と》られることはなかった。

「常盤……」

常盤に向かって常盤と呼ぶ——ただそれだけのことなのに、胸がいっぱいになる。

強がる気持ちは今でもそれなりにあって、くしゃりと歪《ゆが》みかける顔に力を入れた。

みっともなく泣きそうな顔も、常盤に骨抜きにされている顔も見せたくない。

気づかれているかもしれないが、じっくり見られる前に背伸びをする。

「——ん、ぅ」

唇を塞ぐと同時に、後頭部を包み込むように掬《すく》われた。

向かっていったのは自分だったが、待ち構えていた常盤に捕らえられ「離さないぞ」と宣言された気がした。もしもそうなら、本当に二度と離さないでほしい。

子供の頃のようにずっと手を繋いで歩くわけにはいかないけれど、その分とんでもなく深い場所で繋がって、お互いを所有し合っていることを感じたい。

「う、ぅ、ふ……」

「――ッ、ン」

キスの音と呼吸音、そして心音。あとはシャワーの音しか聞こえなかった。

湯を溜め終えたバスタブは気泡に満ちて白く見えたが、波打つことはない。大きな窓があっても外は暗く、ここが海の上だということを忘れそうになる。

実際のところ、忘れてしまっても何も問題はない。重要なのは常盤が本物であること。今ここにいるのは二人だけだということ。

ここでは何をしてもいい。もし龍神が降りてきたとしても邪魔されることはなく、割り込む人間は一人もいない。龍神も自由になったが、常盤と自分も自由だ。とても自由だ。

「……ん、ぅ」

唇を吸って吸われて、心が華やぐ。

赤い薔薇《ばら》も椿も、白い百合《ゆり》も咲く。蘭やグラジオラスも咲いていて、桜の木や桃の木もある。ピンク色の花吹雪の下に、季節外れの向日葵や紫陽花《あじさい》まで咲いている。

頭の中がお花畑になっているのを実感すると、いいのかなと少し不安になって……罪悪感を覚えたりもするけれど、「いいんだ」と振り払った。常盤と自分、そして竜花兄弟の想いに身を委《ゆだ》ねる。伸びやかに想像し、欲望を膨らませた。

「常盤……髪、自分で洗ってて……俺、好きにするから」

「蕾……」

「前世の俺が、したいと思いながらもできなかったこと、全部する。本当は……睨んだり叩いたりしたかったわけじゃない。たぶん、凄《すご》く優しく、触れたかったんだと思う。他の誰かを、これで悦ばすようなこと、してほしくなかったんだと思う」

常盤の腰に触れ、鼠径部《そけいぶ》を指でなぞってから性器に触れる。

首筋に落とした唇は、鎖骨へと滑らせた。無遠慮に肌を吸い、痕をつける。

俺の物だ。汗塗れになっても泡塗れになっても変わらず美味《おい》しい肌も、思わず手がびくついてしまうほど硬くて立派な性器も全部、俺の物だ――自分の中に眠る彼も、今きっと一緒に悦んでいる。これまで以上に完全に兄を手に入れて、心底悦んでいる。

「く、ぅ……ふ、ぅ」

「――蕾……お前に飢えてる状態で、あまり……悦ばせないでくれ」

「ん、ぅ……っ」

跪《ひざまず》いて先端をしゃぶると、常盤が甘い吐息を漏らす。

蕾が言った通り髪を洗おうとしていたが、それは気を逸《そ》らすための行為に見えた。

口に含もうにも含みきれない昂《たかぶ》りにキスを繰り返した蕾は、常盤の腰に両手を回す。

鎧《よろい》のように頼もしい骨格に、男として憧《あこが》れ、ときめかずにはいられない。

滑らかな肌に吸いつく指の一本一本が、踊りだしそうなほどの歓喜に満たされる。

ここにあるこの体……欲深い神と過去の自分が三百年の時を越えて欲した美しい体に、間違いなく常盤の魂が入っている。全部自分の物だ。もう誰にも渡さない。

「く、ふ……んぅ」

「――ッ、ン……」

手早く髪を洗う常盤が、両肘《りょうひじ》を高く上げてシャワーを浴びる。

固定されたシャワーヘッドから降り注ぐミスト状のシャワーは、薔の背中に届く頃には冷めていた。少しひんやりして、火照った肌に心地好《ここちよ》い。

「ん、む……っ」

張りだした肉笠《にくかさ》の下の括《くび》れから、根元に向かって舌を滑らせた。

小指ほどの太さがある裏筋が膨れ上がり、めきめきと音を立てそうだ。

見上げるそれは大樹の様相で、あとで繋がることを考えると嬉《うれ》しいような怖いような、むず痒《がゆ》い期待に腰が騒ぎだす。

「は……ふ、ぅ」

龍神にさせられたせいで行為自体には少し慣れがあった。でも自分が一番、違いをよくわかっている。中身が常盤だからこそ、こうすることに悦びを感じ、欲深くなる。

もっと撫《な》でたい。もっと舐《な》めたい。もっと気持ちよくさせたい――そして、秘めた所で繋がりたい。あそこに入れてほしくて、抑え難い衝動に震えが走る。

「──薔」

「あ、常盤……っ」

シャワーが止まり、舞い散るミストの最後の粒子が消えた。

ぐいと肘を引かれた薔は、強引なほどの勢いでバスタブに連れていかれる。

窓辺のバスタブは微細な気泡で満ちていて、無色透明の湯なのに真っ白に見えた。浸《つ》かると肌が泡に包まれる。石鹸《せっけん》の泡とは違う、七色には光らない白い泡だ。それらに包まれているのか常盤の腕に包まれているのか、区別がつかなくなるくらい心地好い。

「ん、ぅ……は……」

湯の中でキスをされ、顔を斜めに向けた。

凹凸をぴたりと嵌《は》めて舌を絡め合い、滑らかな唇の感触を味わう。

シュワシュワ弾《はじ》ける泡の中で、首や肩や腕に触れ合った。それぞれの体の形をなぞり、キスを交わす。舌は休むことなく貪欲《どんよく》に蠢《うごめ》いたが、歯列がカチンとぶつかるような失態は一度もなかった。

薔を傷つけまいと丁寧に、巧みに動く常盤の唇と舌。常盤に相応《ふさわ》しい恋人として少しは上達を見せたい薔の唇と舌。お互いが相手のそれを大切に労《いたわ》り、雑さも荒々しさもなく慎重に動く。勢いがあることと乱暴なことは同義ではない。まったく違うのだ。

「ふ、ぅ……ぁ」

吸ったり絡めたりを繰り返すうちに、口にしなかった言葉が胸に届く。

贈り合った言葉は、もうわかりきっている想いだ。これが嘘だったら今すぐ死にたいと思うくらい、わかりやすく愛情を伝えてくれる。

お前が欲しいと、望まれている。

「ん、ぁ……常盤……っ」

湯の中で膝《ひざ》と膝を離され、掬《すく》い上げるように浮かされた。

白く見える湯から、開いた両膝と脛《すね》が出てしまう。

あっ……と思った時にはすでに遅く、奮い立った性器を露《あらわ》にされた。

つい先ほどまで晒《さら》していたものの、改めて湯の中から出されると恥ずかしい。

何しろ腹に向かって反り返っているうえに、ビーズのような泡に塗れている。それらが空気に触れてシュワシュワと微かな音を立てて弾ける様を、常盤が見ている。泡のせいか視線のせいかわからないが、妙なくすぐったさを感じてしまった。

「――ぁ、常盤、嫌だ……こんな恰好……」

嫌と恥ずかしいは似て非なるものだと判断したのか、常盤は視線を外さない。

薔の両脚を掬って浮かせたまま、性器の裏筋をゆっくりと舐め上げた。尖《とが》らせた舌先で筋を凹《へこ》ませるように強く舐めては押し、そうかと思うと顔を少し横に向ける。

舌に負けじと膨れ上がった筋を、上下の唇で甘く挟んで吸い上げた。

「ん、ぁ……っ」

根元から先端に向けて、縦に走る筋をやわやわと挟まれるのがたまらない。常盤の唇や舌に翻弄《ほんろう》される性器の先から、明らかにとろみのついた雫《しずく》が垂れた。鈴口のカーブがぬめり、てらてらと光る。蜜《みつ》を滴らせる小さな肉孔《にくこう》が充血していた。

「ふあ、あ……！」

快楽に身悶《みもだ》えるうちに、浮かされた体が上下に揺れる。

常盤の口から逃げたり自ら押しつけてしまったり、いったいどうしたいのかわからないくらい勝手に動いた。ほとんど条件反射で、喘《あえ》ぐたびに腰が水面から離れる。

「──薔、ここに足を。滑らないようしっかり摑《つか》まっていろ」

「常盤……っ、嘘だろ……こんな恰好で……っ」

嘘だと思いたくても嘘ではなく、円形のバスタブの縁に踵《かかと》を置かれた。

大胆に足を広げたまま固定され、円の曲線に沿ったバーを左右の手で摑まされる。

湯につくかつかないかの位置まで上がっていた尻臀《しりたぶら》を、下から両手で支えられた。

体がぐわりと上がる。特に下半身を高く持ち上げられ、戸惑いと羞恥《しゅうち》に肌が燃えた。

尻のカーブに付着した小さな気泡が、肌を滑ったり弾けたりしてこそばゆい。

「う、ぁ……常盤……！」

抵抗してる暇はなく、尻肉を容赦なく引っ摑まれる。

そうしながら性器を食《は》まれ、上目遣いで見つめられた。

じゅぷりと艶《なま》めかしく呑《の》み込む唇と、熱く絡む舌に正気を奪われる。恥ずかし過ぎて、あまりにも気持ちよ過ぎて、強い酒でも飲んだみたいに頭がくらくらした。

「常盤……っ」

「──ッ、ン」

目の前にある黒い瞳《ひとみ》は常盤の物で、目を合わせただけで痺《しび》れが走る。

ああ本物だと、本物の常盤だと、これからもきっと実感するたびに痺れるのだろう。

「あ、ぁ……あ──ッ！」

不意打ちのように腰が震えて、もうどうしようもなかった。

まだ早いと思っても止められない。

絶頂という名の雷に打たれて、感電した体がびくびくと波打つ。

まったく我慢せずに達ったわけではなかった。無意識にこらえていたのだと気づく。

常盤の唇と舌と視線に責められ、遂《つい》に限界を迎えただけだ。

「は……ぁ、は……ぅ」

「──ン、ゥ」

常盤の口に放ってしまった物を、味わって飲まれているのがわかる。

やめてくれと言いたいけれど、嬌声《きょうせい》を控えて呼吸するだけでいっぱいいっぱいだった。

それに、味わったり飲みたくなったりするのは、やられる側としては恥ずかしいというだけで、愛情があれば当然の行為にも思える。

自分もまた、常盤のそれを口で受け、味わって飲み干してしまいたいからだ。

世間的にそれが常識であるかないかは、少し気になるものの、さほど重要ではない。

常盤とすることは全部、好んで行うことである限り、二人の間では正しい。

お互いが許せる行為と許される行為は全部、やってもいいことだ。

「あ、は……っ、ぁ……！」

恥ずかしさと嬉しさで、焚火《たきび》に近づき過ぎたかのように顔が熱い。

常盤の大きな手で尻を掬い上げられたまま、あわいを指で弄られた。

零《こぼ》れた粘液が回ったところを指の腹で押され、確かめつつ挿入される。

「や、ぁ……や、だ」

嫌じゃない。嫌じゃないのに、口が勝手に「嫌だ」と聞こえそうな言葉を漏らす。

指で後孔を拡《ひろ》げられるのも、ぬくぬくと中を突き解されるのも気持ちよくて、開かれた膝と膝が揺れて止まらなかった。喉笛《のどぶえ》を晒すように首を伸ばし、悶《もだ》えてしまう。

「常盤……っ、ぁ……や、ぁ……！」

本当は「いい」と言いそうで、でもそれは恥ずかしいから言いたくなくて、抑えたら正反対の言葉になってしまう不思議な現象は頻繁に起きる。

いっそ黙っていろと思うのに、引き結んだ唇が酸素を求めて開いた瞬間、「やぁっ」と、またしても誤解を招く声を漏らした。

「ひ、ぁ……あ、ぁ！」

「蕾……お前を抱く時は愉《たの》しんで、なおかつ丁寧に抱くと約束したが、今はあまり時間をかけていられない」

わずかに呼吸を乱した常盤が、甘く妖《あや》しく囁いてくる。

体のほとんどを湯から出して身を起こした常盤が、急ぐ事情を説明する代わりに昂りを寄せてきた。張りつめた内腿《うちもも》と足の付け根の間に、重たいそれを置くように当てる。

「……っ、常盤」

ずっしりと、本当に重くて熱い。雄々しくて、とにかく重たい。

嫌がっていると誤解されないかなんて、心配するのはまったく無意味だった。

自信に満《み》ち溢《あふ》れる常盤は己を疑わないし、何より蕾の肌は自分でも驚くほどのピンクに染まっている。泡だらけの白い水面に浮く桃のようだ。全身がピンク一色になっている。

つい先ほど達したばかりの性器は、一週間の禁欲に耐えたかのように強く勃《た》ち上がり、腹に蜜糸を垂らしていた。

「蕾……俺の目の色、変わっていないか？」

問いながら屹立《きつりつ》に手を添えた常盤が、体重を乗せずに肌を重ねてくる。

龍神は交合するまで降りてこないのが常だったが、それは契約が有効だった時の話だ。自由になった今は、好きな時に、世界中の誰にでも降りられると考えていいはずだが、今のところ常盤の目に変化はなかった。

「……ん、大丈夫……黒い目の、ままだ」

蜜に濡れた昂りを重ねられ、繋がるための弛緩《しかん》を促される。

腰を片手で掬われた体勢で迫られ、啄《ついば》むようなキスをされた。

下唇の膨らみを挟まれ、舌でぺろりと舐められる。「薔……」と艶めいた低い声で名前を呼ばれて、またキスをされる。濡れた黒髪から、水滴が頬《ほお》に落ちてきた。

常盤の唇はキスばかり降らせてくる。食欲をそそる物を、少しずつ摘まみ食いしたり、ばくりと思いきり食いついたりするような、いくつものキスだ。

「ん……ぅ、ふ、ぅ」

「――ッ、ン」

力を抜けとは言われなかったが、至近距離にある瞳が語りかけてきた。

これ以上もう待てないと、そう訴えるかのような切ない瞳だ。

俺もだよ――と答えたくなる。自分も目で訴えた。

「……常盤……っ、あ……！」

「薔……」

窄《すぼ》まりの奥の坩堝《るつぼ》を暴かれ、猛々《たけだけ》しい血肉の塊を埋め込まれる。

粘膜と粘膜がぬめりを纏《まと》いながら繋がった。焼けつくように熱く擦れる。

息を止めて、呼吸を合わせてそっと吐いた。筋肉が最も寛《くつろ》ぐ時に結合が深まる。

「ん、ぁ……！」

漏れる声の甘さは、なかったことにしたくてもできないものだ。

普段より高く細く、幼い感じに寄ってしまうのが嫌なのに、制御できない。

「ふあっ……」とまた嬌声を上げてしまい、慌てて口を閉じようとしても遅かった。

常盤の唇に斜めから捉えられ、上下の唇を潰《つぶ》された挙げ句に深々と舌をねじ込まれる。

性器は決して無理やりねじ込んだりしないのに、キスは強引だった。舌は薔の口の中を犯すような傲慢《ごうまん》さで動き、唇は欲深く、口角から溢《あふ》れる唾液《だえき》まで吸い取っていく。

「く、ふ……んぅ」

「――ン、ゥ……」

大きな体が、重みと共に打ち寄せてくる。

円形のバスタブに仰向けでしがみつく自分が、嵐の中の船に思えた。

常盤が動くたびに気泡塗れの湯が波を作り、臀部《でんぶ》や背中を濡らされる。肌に張りつく泡々が、うなじまで滑ってきたり肩甲骨を撫でたりと、手が塞がっている常盤の代わりのように愛撫《あいぶ》を施してきた。

「薔……っ、この体勢、苦しくないか？」

「……ぅ、ん……平気……ぁ、常盤の目……今も、黒いままだ」

鏡が側《そば》にないため、気になっているのではと思って告げると、常盤は「ああ、忘れていた」と苦笑う。そうしてまた、腰を引いて打ち寄せてくる。

「ふ、ぁ……あ、ぁ……！」

龍神には許さなかったところで、常盤を迎えている。

狭隘《きょうあい》な肉洞の奥の奥まで迎え入れ、ぎゅうっと締めつけるように包み込む。

「あ、ぁ……っ、ぁっ」

皮肉にも龍神に使われた卑猥《ひわい》な性玩具《せいがんぐ》によって、薔は常盤の官能をイメージできた。理性ではどうしようもないほどの快感に、常盤も今、溺《おぼ》れているのだろうか。

おそらく自分のそこはあんなにやんわりとした受容器官ではなく、結合にはいくらかの無理がある。常盤の性器に対して優しくもなければ、精密な刺激を与える構造でもないのだろうが、たぶん、否確実に、それでもいいのだ。

本物の人の体の熱と肉の蠢きは、人工物に勝る。本物の女性器にすら負けない。常盤の体が乗っ取られたことや、剣蘭の体を常盤が乗っ取ったことでよくわかった。何よりも、相手が誰であるかが重要だ。常盤もそう思ってくれている。

だから自分は、常盤の中ではすべてに勝る。

「あ、ぁ……ぅあ……っ」

「──薔……ッ、薔……」

常盤の動きが速くなり、湯の波が後れを取る。

薔の中は緩急をつけて掻《か》き混《ま》ぜられ、湯も渦になっていく。

「く、ぁ……あぁ！」

腰を掬われたまま、ずしりと重く突き上げられた。深いところまで一気に届く。

常盤が自分だけの物になる、この行為が好きだ。

自分もまた常盤だけの物になれる。

これはそう感じ合える行為だと、改めて実感せずにはいられなかった。

服を着て外を歩いている時も、集団の中にいる時も二人の関係性は変わらないけれど、
この時間は特別だ。他の誰にも見せない姿を見せて、欲望に忠実な体を繋げ、求められているのを感じられる。どれほど求めているのかを、伝えられる。

「ん……ぁ、あぁ──ッ！」

「──薔……ッ」

常盤の欲望が奥で爆《は》ぜるのを、薔は達きながら味わう。

こうして二人で過ごす時間が終わり、バスルームから出ても、部屋から出ても、常盤は自分の恋人だ。誰にでも堂々と、そう言ってみせる。

俺の物になれ——そう言われた時からずっと、隠さなくてもいい日を待っていた。
気づいていなかっただけで本当は、三百年前から待っていたのかもしれない。
「常盤……う、ん……」
「——ン、ッ」
脈打つ常盤とキスを交わす間も、薔は目を閉じなかった。
黒い瞳は変わらない。龍神はもう、降りてこない。
——常盤……俺の恋人……俺の、兄さん……。
常盤の瞳を見つめながら、薔は前世の自分を想う。
記憶がないので友人のような感覚しかなかったが、彼の宿願が叶《かな》ったことが嬉しい。
苦しい恋に散った魂はきっと、悠久の時を越えて花開いているだろう。
鮮やかな色と香りを纏って、今この胸に咲いている。

14

薔《しょう》と一夜を過ごしたマスタースイートを出て、スカイラウンジに続く硝子《ガラス》扉を開ける。

夜風がびゅうっと吹き寄せて、まともに受けた顔が急激に冷えた。

後ろをついてきた薔を先に甲板に出した常盤《ときわ》は、そのまま階段を上がろうとする薔に、「足元に気をつけろ」と声をかける。

形式的に言ったわけではなく、本気で薔の身を案じていた。

昨夜は山歩きで疲れ果てていた薔にバスルームで無理な体勢を強《し》い、さすがに反省している。そのあとすぐに寝かせたならまだいいが、一回り年上の恋人として理想的な行動を取れなかった。ベッドに移った時、酷《ひど》く眠そうにしていた薔をすぐに寝かせなかったのはほかならぬ自分だ。

「薔、腰や膝《ひざ》は大丈夫なのか？」

「……平気」

起き抜けに「なんか膝がガクガクする」と言っていた薔は、甲板から続くストレートの階段を恥ずかしそうに上がっていく。白い手摺《てすり》をしっかりと摑《つか》んでいた。

やはり風が強く、さらさらの柔らかな髪が一方向に流される。

空はくすんだブルーに変わりつつあり、朝焼けが見え始めていた。

水平線の際《きわ》はビーツのような赤紫に染まっている。この分だと西から雨になるかもしれないが、見事な朝焼けを薔と見られるならそれでよかった。

「やっぱりここは絶景だな」

防風ジャケットに身を包んだ薔が、スカイラウンジで深呼吸する。

その視線の先にあるのは東の空だったが、常盤は同じものを見てはいなかった。

「そうだな」と返しはするものの、見つめているのは薔の横顔だ。

船尾の青白いライトが輪郭をくっきりと描きだし、赤と青の狭間《はざま》にいる薔から目を離せない。「寒くないか?」と訊《き》くつもりだったが、見惚《みと》れて言葉がすぐに出なかった。

「――薔、寒くないか?」

隣に立って声をかけると、薔は両手で手摺を握りながら振り向く。

腕を伸ばしジェットスキーでもしているような姿勢で、「全然」と笑った。

あまり露骨ではないが、はしゃいでいるのがわかる。薔なりにお道化ているのだ。

昨夜、何度交わっても龍神が降りてくることはなく、薔としては何かしら思うところがあるのかもしれない。

おそらくそれは相反する想《おも》い――龍神と縁が切れて自由になり、単純によかったと思う気持ちと、自分を慕ってくれた相手を失う淋《さみ》しさ。

何しろ相手は運気を高める神なのだから、淋しさでは止《とど》まらない不安もあるだろう。学園育ちの薔と外界で育った自分では、神に対する執着も想いも違って当然だ。ああ清々したと、心の底から思える性格ではないことはよくわかっている。

「龍神様、昨夜はどこに行ってたんだろうな」

「それはもちろん、天神界だろう」

「え、そうなのか？　常盤が龍神様に、天神界にお帰りになるのはいつでもできますとか言ってたし、他の誰かのところに降りてるんだと思ってた」

「何故《なぜ》そんなことを思うんだ？」

「いや、そう言ってたのは常盤だろ？　世界中の美童を好きに選べるとか、そんなようなこと言ってたよな？　それに同性愛ってわりとよくあるって教団本部で聞いたし」

「そこそこよくあるが、あの方が他の誰かに降りたとは考えにくい」

「え、なんで？」と眉《まゆ》を寄せて訊いてくる薔に、常盤は同じことを訊き返したくなる。

上等なフルコースや懐石料理ばかり食べているとB級グルメに手を出したくなることもあるにはあるが、しばらく口にできなかった好物が目の前に用意されていたら、わざわざ他に手を出したりはしないだろう。

「薔、自分で言うのもなんだが、俺は憑坐《よりまし》としてあの方のお気に入りだ。そしてお前は、神子《みこ》……というより、愛《め》でる対象として気に入られてる。しかも俺達は相思相愛だ」

「――っ……ぅ……ぁ、うん」

相思相愛と言われて恥ずかしかったのか、薔は目を逸《そ》らして小さく頷《うなず》く。いつになく儚《はかな》い声は、波音に掻《か》き消《け》されそうだった。朝焼けと青系のライトで頬《ほお》の色がわからなかったが、きっと桃色に染まっているに違いない。

「昨夜の俺に降りてこないなら、お前に目が届かないほど遠い所にいたとしか思えない。天神界に帰ったからといって二度と地上に降りてこないわけじゃないんだろうが、昨夜は間違いなく遠い所にいたはずだ」

確信を持って言うと、「地球の裏側かもしれないだろ」と不思議そうな顔をされた。

「地球の裏側か」

「うん。龍神様の好みは色々だし、人種のこだわりとかなさそうだったから。まあ地球の裏側は夜じゃないから無理だけど、日本を離れてる可能性はあるよな」

地球の裏側と言いだした時はジョークかと思ったが、薔は真面目《まじめ》に言っている。

龍神が自分から離れたことで清々している面は薔にもあるようだが、やはり幾分淋しく感じている様子だった。そういう顔をしている。

いずれにしても、相変わらず自分の魅力に関してはわかっていないらしい。

「昨夜のお前は世界一だった。可愛《かわい》くて綺麗《きれい》で、なおかつとても艶《つや》っぽかった。龍神様がこちらの世界にいたなら、見逃すなんて正気の沙汰《さた》じゃない」

「……っ、や……そういうの、いいから。もう神子じゃないし」

明らかに照れている薔は、不満げな怒り顔で本音を隠す。

一層可愛く見えて仕方がなかったが、しつこく褒めると本気で怒りだすのは目に見えているので、後頭部を撫《な》でるだけにしておいた。形のよい丸い頭は、手にしっくりと収まる小ささで、つい引き寄せて額にキスをしたくなる。

「常盤……」

「お前の口から、『神子じゃない』と言われるのは久しぶりだな。あの頃はいくら言っても信用してくれなくて、頑《かたく》なに認めようとしなかった」

「あ、うん。そう言われてみると久しぶりだな。常盤を信用するとかしないとか以前に、自分でも認めたくなかったんだ。もう人生終わったくらいの絶望感で」

春の出来事を過ぎ去った日々として笑う薔は、すっきりしているのかいないのか、遠い目で海を見る。

龍神に乗っ取られることはあっても可愛がられた覚えのない常盤には、薔の寂寥感《せきりょうかん》がわからない。あくまでも想像して寄り添うしかなかった。信仰に関する刷り込み度合いも違うので、どんなに考えたところで完全に理解するのは難しいだろう。

「お前はもちろん、すべての神子が引退できてよかった。ショックを受ける神子も相当数いるだろうが」

「引退って言い方いいな。御役御免《おやくごめん》とか御払い箱とか、解任って感じかと思ってた」

「誰にもそんな酷い言い方はさせない。それはそうと、お前の今後については考えなきゃいけないいな」

「俺の今後？」

「ああ、教団の神子達のことは教祖になる前から考えていたが、お前が神子として学園を出ることは予定外だったからな」

「あ……そうだ、それなんだけど、山歩きしながら俺なりに考えてたんだ。今、言ってもいいか？」

照れたり怒ったりしている場合ではないとばかりに、薔は真剣な顔をする。

常盤が手を添えた頭を首ごと竦《すく》め、思いつめた目で見上げてきた。

「もちろんだ、聞かせてくれ。お前の希望を尊重したい」

「ありがとう。俺、神子じゃなくなったって公表して、学園に戻りたい」

「薔……」

朝焼けの空を映す琥珀《こはく》の瞳《ひとみ》に、常盤は思わず息を呑《の》む。

薔の選択は予想できていたが、思っていた以上に潔い口調と確かな眼差《まなざ》しを向けられていささか戸惑った。

学園に戻ることは、薔の性格や立場を考えると非常に勇気が要ることだ。

神子として崇《あが》められて一旦《いったん》外に出た贔屓生《ひいきせい》が、学園に戻った前例はない。

神子は十年ほど務め、龍神の寵《ちょう》を失って御褥《おしとね》すべりという形で引退し、その後も大切に扱われるのが普通だ。教団を支えた功労者だからというのもあるが、引退しても神の愛をそれなりに受けているという考えも影響している。

それは即《すなわ》ち畏怖《いふ》であり、薔が学園に戻った場合も腫《は》れ物《もの》に触るように扱われるだろう。

変わらない接し方をする者もいれば、媚《こ》びを売ってくる者、崇《たた》りを恐れるあまり接触を避け、無視に近いことをする者もいるかもしれない。

ちやほやされたいタイプならいざ知らず、薔にとっては居心地が悪いはずだ。

我が教団は龍神との契約を終え、事実上縁を切った——と、教祖の常盤がありのままを公表したとしても、竜生童子や教団員の信仰心が消えるわけではない。

そもそも龍神の存在を実際に見ているのは神子だけで、実在するか否か不確かなものを信じている者ばかりだ。

縁を切ったと言ってもまったく受け入れないか、独断で契状を破棄した常盤を非難し、嘆きつつも、「龍神様は必ず戻ってきてくださる」と信じて待つ流れになるのは目に見えている。つまり、元神子に対する扱いは現状とさほど変わらないということだ。

「薔、あえて言うまでもないと思うが、何もかも元通りとはいかないぞ」

少し厳しい口調で言うと、薔はしばらく間を置いてから頷いた。

もちろんどうなるのかを考えて、覚悟したうえでの発言だったのだろう。

やや苦い顔をしていたが、表情を曇らせることはなかった。

「たぶん、いや絶対、居心地悪いよな」と笑い、ぶれない瞳を向けてくる。

幼い頃と変わらず、美しいものしか見たことがないような目だった。

清廉潔白とは程遠い自分には眩《まぶ》し過ぎて、直視してはいけない気さえする。

「それでも、お前は戻るんだな」

「戻りたい。常盤の学園改革を楽しみにしてるし、それにやっぱり、いきなり外の世界に出るのは違うと思う。ものには順序があるって今はちゃんとわかってるし、茜《あかね》や剣蘭《けんらん》や、白菊《しらぎく》と一緒に大学部で順応教育を受けて、びくびくせずに外に出たい」

「そうだな、俺もそれがいいと思う。もちろん保護者には会えるように……それも頻繁に会えるようにするから、そこは心配するな」

「保護者って、楓雅《ふうが》さん？　いや、榊《さかき》さんかな？」

「そういう可愛げのないことを言うな」

額の真ん中を指先で突くと、薔は「痛っ」と声を上げる。

額を擦りながら、悪戯《いたずら》っぽい笑顔を見せた。

かつては楓雅や榊の存在に神経を尖《とが》らせていた自分に向かって、こんな冗談を言う薔を見ているとほっとする。

蔷が要らぬ心配をせずにいられるのは、血の繋《つな》がりを以前ほど気にせず、それぞれとの関係性をありのままに捉《とら》える余裕ができたからだ。子は親の鏡とよく言うが、自分もまた蔷との繋がりに自信を持ち、余裕を持てるようになった証拠でもあるのだろう。

「あ、あと……いつか、なるべく早いうちに、やりたいことがあるんだ」

空の色と同じように表情を変えた蔷は、日の出と共に新たな顔を見せる。

船の青いライトを打ち消す太陽光を浴びながら、「また蒲牢島《ほろうじま》に行きたい」と言った。

「蔷……」

今言われるとは思っていなかった言葉だが、その先は聞かなくてもわかる気がした。

お互い口に出さなかっただけで、島にいる時から、たぶん同じことを考えていた。

「教団本部と、学園の降龍殿《こうりゅうでん》に祀《まつ》られてる竜花《たつはな》様の遺骨を、移したいんだ」

続けられた蔷の言葉は、常盤の意向と一致する。

あの島のどこに移すのか、そんなことは聞くまでもない。

死した体を燃やして残る骨に、大した意味はないかもしれない。今の自分は暗い地中に埋められるより、広大な海に散らしてほしいと思うけれど——その一方で、ほんの小さな欠片《かけら》でいいから、蔷の傍《そば》に残りたいとも思う。

肝心の魂は肉体を離れ、生まれ変わる時を待っているとしても、終わった人生の微《かす》かな余韻くらいは残るのではないだろうか。

もちろん、真実はわからない。ただ、あの兄弟を一緒にしてあげたいと思う薔と自分の気持ちはきっと、無意味ではない。

「ああ、一緒に行こう。なるべく早く」

至極普通に答えたつもりだったが、危うく声が震えかける。

前世のことなど一つも思いだせず、過去の罪を背負って生きることもできないけれど、震える何かが自分の中にある。こらえなければ零《こぼ》れそうなものが、確かにある。

「常盤……」

本当に危うくて、薔に見せたくないものを見せてしまいそうで、瞼《まぶた》を閉じた。

その選択は失敗で、不意の雨に打たれたように水滴が頬を掠《かす》める。

嘘《うそ》だと思いたかった。俄《にわか》には信じられない現象だ。

「——兄さん」

薔があえて口にした呼び方が、やけに胸に刺さる。

抱き寄せるよりも早く、寄り添ってくれた。

健やかで、温かい体が、ここにある。

エピローグ

薔《しょう》が王鱗《おうりん》学園高等部の卒業を控える二月、常盤《ときわ》は教団本部に隣接する朱雀《すざく》病院にいた。

戸籍上の嫡男――実際には両親を同じくする、実の弟が誕生したからだ。

常盤は亡き母、西王子紅子《さいおうじべにこ》の策略を逆手に取って、薔を傷つけない方法で跡取りを手に入れたわけだが、その扱いに関しては迷いがあった。

子供に罪はないので、戸籍上の親として責任を果たし、それなりに可愛《かわい》がりたいとは思っている。

ただし、そういった行為が薔を悩ませるのであれば、世間一般の兄以上のことはしないつもりだった。

その場合は子供の本当の父親である竹虎《たけとら》に真実を話し、紅子の暴走の責任を取らせて、孫ではなく実子として育てさせる。

竹虎は常盤には厳しかったが、常盤は自分が育った環境に別段不満はなかった。極道一家の跡取りの身は大変だが、実弟が同じ教育を受けることに抵抗はない。

「いやぁ、早産になったって聞いた時は心配したけど、吃驚《びっくり》するほどの健康優良児だな。お前が赤ちゃんの時にそっくり」

特別新生児室を対面室から覗《のぞ》き込み、雨堂青一《うどうせいいち》が蕩《とろ》けそうな顔をする。

硝子《ガラス》越しに見られるだけではなく、大型モニターにも顔が映しだされていた。

八十一鱗《くくり》教団の現教祖の嫡男として、他の子供とは別の部屋に寝かされている男児は、確かに常盤に似ている。早産だったにもかかわらず十分な重さがあり、程よい肉づきで、手脚も指も長い。髪は黒く、すでに豊かだった。今のところ癖がなさそうな髪質だ。

眉《まゆ》や目の形も常盤に似ていて、鼻筋は真《ま》っ直《す》ぐで高い。身内の欲目なしに見ても極めて美しく、はっきりとした顔立ちの赤ん坊だ。

「ベビタカくん可愛いなぁ、女の子だったら美人になっただろうな、男でもそうだけど」

「ベビタカくん？　おい、将来コイツに手を出すなよ」

「出すわけないだろ。お前に似そうだし、可愛いのは今だけとみた」

「それは言い過ぎだ。俺だって幼児の頃は可愛かった」

「見た目はな」と言いきった青一は、「ベビタカくーん、青一お兄さんだよー」と赤ん坊に手を振る。医師ではあるが、今日は単に友人としてついてきた青一は、「ほんと可愛くて、椿《つばき》ちゃんの小さい頃を思いだすよなぁ」と笑った。

白と淡い紫の絹や精緻《せいち》なレースで飾られた新生児用ベッドの中で、赤ん坊は気持ちよさそうに眠っている。もちろん手を振り返してくることはなかったが、握った手を動かして空気をパンチするような、頼もしい仕草を見せた。

「椿ちゃん……じゃなくて薔くん、理解してくれてよかったな。やっぱりさ、事情はどうあれ子供は遠慮なく可愛がりたいよな」

「そうだな、薔はすっかり大人になって」

予定よりも早く子供が生まれたと聞いた時、常盤は薔にそのことを伝えにいった。

過去に乳幼児を育てたことがあるとはいえ、常盤は本来、子供が好きなわけではない。父親になる気などさらさらなかったが、剣蘭《けんらん》の例のように実の弟が可愛く思えてしまう可能性はある。だから顔を見る前にまず、薔の気持ちを確かめておきたかった。

もちろん我慢して出した結論ではなく本音を聞きだし、そのうえで自分が取るスタンスを決めようと思った次第だ。結果、薔はあっさりと「自分の弟みたいに思ってる。可愛いに決まってるし、早く会いたい」と目を輝かせていた。茜《あかね》の母親が出産のために入院したと聞いていた影響もあり、兄のような立場に憧《あこが》れを募らせていたらしい。

「ベビタカくんの名前、もう決めた？」

「いや、そういうのは本人を見てからと思って、何も考えなかった」

青一は ジャケットの胸元を叩《たた》き、「俺が名づけ親になろうか？」と身を乗りだす。

不世出の天才彫師であり、新進気鋭の日本画家でもある青一に名前をつけてもらうのも悪くないとは思いつつ、常盤は「自分で考える」と答えた。

ここに薔を連れてきて子供に会わせ、薔に考えさせてもいい。

子を生《な》せない関係の常盤と薔が、周囲から一切干渉されずに生きていくに当たり、この子の存在は役に立つ。紅子の策を利用したのは、そういった意図もあってのことだ。

大人の思惑の末に誕生した子供だが、薔が許すならそれなりに可愛がりたい。

「あ、ごめん、ちょっと電話してくる」

青一が手にしていた端末が、音もなく振動していた。

ブルーに光る画面には『雨堂診療所』と表示されている。

「急患はやめてよー」と呟《つぶや》きつつ、青一は対面室から廊下に出た。

小さな弟と初めて二人きりになった常盤は、部屋を仕切る硝子に近づく。

すると、眠っていた赤ん坊が目を覚ました。まだ目は開いていないと聞いていたのに、奇跡のように濃い睫毛《まつげ》を羽ばたかせ、ぱちりと瞼《まぶた》を上げる。

「あーぉーあー」

赤ん坊の声が、スピーカーを通して聞こえてきた。

上機嫌で拳《こぶし》を振り上げる弟の目を見て、常盤は愕然《がくぜん》とする。

黒に違いないと思っていたその目は、あってはならない色だった。

あとがき

こんにちは、犬飼《いぬかい》ののです。本書を御手に取っていただきありがとうございます。
あえて名づけるなら『ブライト・プリズン　教団編』という十一冊の物語を、最後まで書き切ることができてよかったです。この先どうなるのかまだ何も決まっていませんが、頭の中には近々の話も十八年後の話もあるので、書く機会をいただけたら幸いです。
昨年に続いて今年も朗読劇を上演していただき、素晴らしい御声がついたことで自分の中で新たな盛り上がりがありました。シリーズを応援してくださる読者様と、イラストの彩《あや》先生、すべての関係者の皆様に心より御礼申し上げます。

『ブライト・プリズン　学園の薔薇《ばら》と純潔の誓い』、いかがでしたか？
犬飼《いぬかい》ののの先生、イラストの**彩《あや》先生**への、みなさまのお便りをお待ちしております。

犬飼ののの先生のファンレターのあて先
〒112-8001　東京都文京区音羽2-12-21　講談社　講談社文庫出版部「**犬飼ののの先生**」係
彩先生のファンレターのあて先
〒112-8001　東京都文京区音羽2-12-21　講談社　講談社文庫出版部「**彩先生**」係

N.D.C.913　287p　15cm

犬飼のの（いぬかい・のの）
4月6日生まれ。
東京都出身、神奈川県在住。
『ブライト・プリズン』『愛煉の檻』
『暴君竜を飼いならせ』『官能童話』
『薔薇の宿命』シリーズなど。
Twitter、blog更新中。

講談社X文庫

KODANSHA

white heart

ブライト・プリズン　学園《がくえん》の薔薇《ばら》と純潔《じゅんけつ》の誓《ちか》い

犬飼《いぬかい》のの

●
2021年11月2日　第1刷発行

定価はカバーに表示してあります。

発行者――鈴木章一
発行所――株式会社　講談社
東京都文京区音羽2-12-21 〒112-8001
電話　編集　03-5395-3510
販売　03-5395-5817
業務　03-5395-3615
本文印刷―豊国印刷株式会社
製本―――株式会社国宝社
カバー印刷―半七写真印刷工業株式会社
本文データ制作―講談社デジタル製作
デザイン―山口　馨

ISBN978-4-06-525807-1